Patrick Burow
Tödlicher Irrtum

AF178739

Das Buch

Eine Neunjährige verschwindet spurlos. Ausgerechnet ein Jurastudent gesteht ihre Entführung und Ermordung, führt die Polizei sogar zum Tatort, wo er Neles Leiche verbrannt haben will. Jan Virchow wird zu einer lebenslangen Freiheitsstrafe verurteilt und in die Psychiatrie eingewiesen. Fall gelöst?

Keineswegs. Im neu gegründeten Institut für Justizirrtümer in Hamburg stoßen die Studenten Saskia Cornelius und Florian Hansen auf Ungereimtheiten: Der Medikamentenabhängige war im psychotischen Wahn, als er alles gestand, hat sogar ein Alibi. Für das ungleiche Paar beginnt eine riskante Mission. Können die beiden mithilfe ihres Professors den echten Täter überführen und herausfinden, was mit Nele wirklich geschah?

Der Autor

Dr. iur. Patrick Burow wurde in Hamburg geboren. Er hat seit zwanzig Jahren zunächst als Staatsanwalt und später als Richter vielfältige Erfahrungen in allen strafrechtlichen Dezernaten gesammelt. Er lebt und arbeitet in Dessau. Der Richter und Sachbuchautor ist ausgewiesener Experte für Justizirrtümer.

PATRICK BUROW

TÖDLICHER IRRTUM

PROJEKT UNSCHULD

THRILLER

Deutsche Erstveröffentlichung bei
Edition M, Amazon Media EU S.à r.l.
5 Rue Plaetis, L-2338, Luxembourg
November 2018
Copyright © der deutschsprachigen Ausgabe 2018
By Patrick Burow

Umschlaggestaltung: bürosüd⁰ München, www.buerosued.de
Umschlagmotiv: © Daniel Grizelj / Getty; © CS Stock / Shutterstock
1. Lektorat: Joern Rauser
2. Lektorat und Korrektorat: Verlag Lutz Garnies,
Haar bei München, www.vlg.de
Gedruckt durch:
Amazon Distribution GmbH, Amazonstraße 1, 04347 Leipzig /
Canon Deutschland Business Services GmbH, Ferdinand-Jühlke-Str. 7,
99095 Erfurt /
CPI books GmbH, Birkstraße 10, 25917 Leck

ISBN 978-2-919-80454-2

www.edition-m-verlag.de

1

Brennend heiße Tränen der Wut rannen Nele die Wangen hinunter, als die Haustür krachend hinter ihr ins Schloss fiel. Wieder einmal hatte sie sich mit ihrer Mutter gestritten – wegen Hakan, deren Freund. Er war streng und hatte ihr das Spielen mit dem Handy verboten, dabei war er nicht ihr Vater. Er hatte ihr nichts zu sagen.

Dichter Nebel hüllte den Morgen in ein trübes Dämmerlicht. Nele drehte sich noch einmal um. Doch die Fenster ihrer Wohnung im neunten Stock waren im Dunst nicht zu sehen. Sie bog von der Gründgensstraße nach rechts in den Edwin-Scharff-Ring. Nach fünfhundert Metern würde sie in der nächsten Kurve ihre Grundschule erreichen. Dort besuchte sie die vierte Klasse.

Ihr Atem bildete Dampfwolken vor ihrem Mund. Fröstelnd ging sie auf dem linken Fußweg. Die Hochhäuser auf der rechten Seite waren vom Nebel verhüllt. Dann kam sie am Friedhof Ohlsdorf vorbei. Raureif bedeckte die Bäume. Die Luft roch nach feuchter Erde und Tannen. Die heiseren Rufe von Krähen waren zu hören. Gott sei Dank waren keine Gräber zu sehen. Ein eiskalter Schauer lief Nele den Rücken runter, als sie an einen Film dachte, den sie kürzlich heimlich angeschaut hatte. Lebende Leichen waren aus ihren Gräbern gestiegen, hatten

Menschen in den Hals gebissen und ihr Blut getrunken. Doch das war nur ein Film. Hier auf ihrem kurzen Schulweg war sie sicher. Zwar war der Nebel so dicht, dass sie kaum etwas erkennen konnte, aber irgendwo mussten auch ihre Mitschüler unterwegs sein. Nele wischte sich die letzten Tränen aus dem Gesicht, denn sie wollte von den anderen Schülern nicht weinend gesehen werden. Es war nicht mehr weit bis zur Schule. Mit gesenktem Kopf trottete sie weiter.

Nele hörte das Knacken eines warmen Motors und hob den Kopf. Ihr Blick fiel auf einen weißen Lieferwagen. Er stand etwa fünf Meter weiter rechts vom Fußweg in der Parkbucht. Vor dem Lieferwagen sah sie einen Mann stehen. In der nebligen Dunkelheit war er nur schemenhaft zu erkennen. Es sah aus, als würde er auf etwas warten.

Nele ging langsamer. Vielleicht ein Handwerker, der auf einen Kollegen wartete. Seine Zigarette landete wie ein Glühwürmchen im Gras des Grünstreifens. Leichte Beklommenheit stieg in ihr hoch, sie überlegte, ob sie die Straßenseite wechseln sollte. Doch sie wollte kein ängstliches Mädchen sein, das jedes Mal auswich, wenn ihr etwas nicht geheuer vorkam. Sie ging weiter und vermied einen Blickkontakt.

Alles Weitere lief für Nele wie in Zeitlupe ab, obwohl es rasend schnell ging. In dem Moment, als sie an dem Mann vorbeigehen wollte, packte er sie mit beiden Händen um die Taille und hob sie hoch. Ihre Beine strampelten vergeblich in der Luft. In der Ferne konnte sie ihre Schule im Nebel aufleuchten sehen. Sie roch das Rasierwasser des Mannes hinter ihr. Er drehte sich nach links. Während er sie mit einem Arm fest umklammerte, zog er mit der anderen Hand die Seitentür auf. Drinnen ging die Beleuchtung an. Er stieg mit ihr in den Lieferwagen. Dort warf er sie in eine Art Käfig. Nele war zu überrascht, um sich zu wehren oder zu schreien. Mit einem ratschenden Geräusch schloss der Mann den Käfig und zog die Wagentür von innen zu.

»Hast du ein Handy dabei?«, fragte der Mann.

Mit leichenblassem Gesicht und bebenden Nasenflügeln sah sie zu dem Mann hoch. Der Schock lähmte ihre Gedanken. Nele fühlte sich betäubt, ihre Kehle war zugeschnürt. Das Handy hatte Hakan gestern einkassiert.

»Nein«, sagte sie leise.

Einen Augenblick später fuhr der Transporter los.

Wohin fahren wir? Mama, hilf mir!

2

»Haben Sie eine Erklärung dafür?«, fragte Groothusen und schob Professor Löwenberg einen Zeitungsartikel über den Schreibtisch. Groothusen war der Präsident der Universität Hamburg. Dem hundertsechzig Kilo schweren Endfünfziger unterstanden siebenhundert Professoren und vierzigtausend Studenten. An der Uni nannten ihn alle den »Buddha«. Aus kleinen Augen im teigigen Gesicht sah er Löwenberg, den er in sein Büro in der Präsidialverwaltung am Mittelweg einbestellt hatte, forschend an.

»Uniskandal! Jurastudenten wegen Suff-Professor durchgefallen«, titelte die *Abendpost*. Darunter hieß es, Professor Heckscher habe einen Examensvorbereitungskurs geleitet. Erst habe er die Studenten durch überstrengen Unterricht demoralisiert, dann sei der Kurs wegen dessen Alkoholproblemen für Wochen ausgefallen. Die Folge sei eine exorbitant hohe Durchfallquote im letzten Prüfungsdurchgang gewesen.

Professor Dr. Klaus Löwenberg, Dekan der Fakultät für Rechtswissenschaft, überlegte einen Augenblick und sagte dann hanseatisch näselnd: »Es hat leider eine Weile gedauert, bis wir das Problem bemerkt haben und für Abhilfe sorgen konnten. Die Professoren unserer Fakultät waren alle ausgelastet, sodass wir uns nach externem Ersatz umsehen mussten. Schließlich haben wir den Vizepräsidenten des Oberlandesgerichts als Kursleiter gewinnen können.«

Präsident Groothusen legte die rechte Hand auf eine dicke Akte auf seinem Schreibtisch. »Ich habe mir die Personalakte von Professor Heckscher angesehen. Er hat seit Jahren nichts mehr veröffentlicht und seine Vorlesungen sind regelmäßig ein Fiasko.«

Der Dekan hob die Augenbrauen. Er sah Professor Heckscher vor sich, wie er mit vor der Brust verschränkten Armen und Whiskyatem Studenten niedermachte. Dieser Mann war ein zynischer Minderleister in der Midlife-Krise. Mindestens neunzig Prozent der Studenten hielt er für nicht ausreichend intelligent und damit für im Jurastudium fehl am Platze. Seine Personalakte quoll über von Beschwerden seitens der Studenten und deren Eltern.

»Mir ist durchaus bewusst, dass Heckscher ein ernsthaftes Problem für die Fakultät darstellt. Ich habe schon mehrfach mit ihm gesprochen, aber es hat nichts genützt«, antwortete Professor Löwenberg.

»Das Rechtsamt hat mich informiert, dass einer der durchgefallenen Studenten die Universität wegen der schlechten Examensvorbereitung verklagt hat.«

»Die Klage wird keinen Erfolg haben. Außerdem hätte der Kandidat zum Repetitor gehen können.«

»Aber wir hatten den Examenskurs doch gerade deshalb ins Leben gerufen, damit die Jurastudenten nicht mehr in Scharen zum Repetitor rennen müssen. Wir waren uns einig, die Examensvorbereitung unserer Studenten nicht mehr Privatanbietern zu überlassen.«

»Sehen Sie eine Möglichkeit, Professor Heckscher loszuwerden?«

Groothusen schüttelte den Kopf, wodurch seine Hängebacken und sein Doppelkinn in Schwingungen gerieten.

»Dienstrechtlich kann ich kaum etwas gegen einen alkoholkranken Professor tun.«

»Immerhin war sein Seminar über Justizirrtümer ein Erfolg.«

Mit diesem Einwand wollte Löwenberg sein eigenes Versagen als Dekan in einem milderen Licht erscheinen lassen.

»Das stimmt. Ich habe die Presseberichte über den Freispruch von Markus Hoffmann gelesen. Vorbild war wohl dieses Innocence Project aus New York. Könnten Sie das kurz erläutern?«

»Ein Juraprofessor hat an der Cardozo School of Law ein Unschuldsprojekt gegründet, dessen Ziel die Aufklärung von Justizirrtümern ist. Seit der Gründung 1992 hat der Professor mit seinen Studenten über dreihundertfünfzig unschuldig Verurteilte aus den Gefängnissen geholt, darunter zwanzig Todeskandidaten. In hundertfünfzig Fällen konnten sie den wahren Täter ermitteln. Die Cardozo School of Law ist dadurch international bekannt geworden.«

Groothusen lehnte sich in seinem Chefsessel zurück, der knarzend gegen die Gewichtsverlagerung protestierte.

»Das hört sich beeindruckend an und bringt mich auf eine Idee. Was wäre, wenn wir die Sache mit den Justizirrtümern ausbauen?«

»Wie meinen Sie das?«, fragte Löwenberg mit hochgezogenen Augenbrauen.

»Wir gründen ein neues Institut für Justizirrtümer und ernennen Heckscher zu dessen Direktor«, sagte Groothusen und lächelte.

»Heckscher würde sicher mitmachen.«

»Wir schlagen zwei Fliegen mit einer Klappe. Die Fakultät wäre das Problem Heckscher elegant los, und mit dem Institut erhöhen wir das Renommee der Universität.«

Der Professor für Erziehungswissenschaft war auch deshalb Uni-Präsident geworden, weil er es geschickt verstand, hinter den Kulissen die Fäden zu ziehen.

»Das neue Institut gibt es aber nicht zum Nulltarif.«

»Wir verfügen über ungenutzte Forschungsgelder. Außerdem wird das Institut nicht viel kosten, denn im Wesentlichen wird es nur aus Heckscher bestehen. Ein paar unbelegte Räume, eine Sekretärin, einige Hilfskräfte, mehr nicht.«

Ein Lächeln stahl sich auf Löwenbergs sonst immer ernstes Gesicht. Eine Lösung des Problems Heckscher rückte in Sicht.

3

Florian Hansen sah beklommen, wie der Zeiger der Hörsaaluhr auf 8.15 Uhr rückte. Exakt in dem Augenblick öffnete sich die Tür an der Rückseite der Rednertribüne. Helmut Cornelius betrat den Hörsaal und schritt entschlossen zum Rednerpult. Der Zweiundsechzigjährige war nicht nur der Vizepräsident des Oberlandesgerichts, sondern auch der Vater seiner Freundin Saskia. Durch seine herabhängenden Mundwinkel und die ausgeprägten Tränensäcke wirkte sein Gesicht wie in ständiger Missbilligung erstarrt. Er erinnerte Florian an John Houseman, der 1974 den Oscar als bester Nebendarsteller für »Die Zeit der Prüfungen« bekommen hatte. Statt einer Begrüßung ließ Cornelius einfach nur seinen Blick über die etwa sechzig Studenten schweifen. Florian saß in der letzten Reihe und suchte Deckung hinter dem vor ihm Sitzenden. Cornelius trug einen Anzug und hatte sein schütteres weißes Haar akkurat seitlich über die Glatze gekämmt.

Florian und Saskia besuchten den Wiederholungs- und Vertiefungskurs bereits seit dem vergangenen Sommersemester. Nur noch das Wintersemester lag vor ihnen, dann wäre ihre Examensvorbereitung abgeschlossen. Neidvoll sah Florian auf Saskia, die in der ersten Reihe saß. Für sie war der Stoff bloße

Wiederholung, während er vieles zum ersten Mal hörte. Sein mangelnder Einsatz im Studium rächte sich jetzt.

»Herr Hansen, tragen Sie bitte den Sachverhalt des Katzenkönig-Falls vor«, riss ihn Helmut Cornelius' Stimme aus seinen Gedanken.

Als Florian seinen Namen hörte, erstarrte er. Die Frage erwischte ihn unvorbereitet. Er spürte, wie sich sein Herzschlag beschleunigte.

Helmut Cornelius beugte sich am Rednerpult vor und fixierte Florian.

»Hansen … ist doch Ihr Name, oder?«

Kaum hörbar antwortete Florian: »Ja, mein Name ist Hansen.«

»Herr Hansen, wir können Sie nicht verstehen. Könnten Sie lauter sprechen?«

Hansen wiederholte seine Antwort, nicht lauter als zuvor. Er spürte, wie das Blut aus seinem Gesicht wich und seine Hände zu schwitzen anfingen.

»Herr Hansen, stehen Sie bitte auf.«

Langsam stand Florian auf. Sechzig Augenpaare waren auf ihn gerichtet.

»Nun, Herr Hansen, können Sie uns den Fall schildern?«

»Ich muss gestehen, ich kenne den Fall nicht.«

Helmut Cornelius sah Florian mit seinen wässrig hellblauen Augen tadelnd an.

»Die Katzenkönig-Entscheidung des Bundesgerichtshofs aus dem Jahre 1988 gehört zum Pflichtwissen.«

Florian marterte sein Gehirn, doch er konnte sich beim besten Willen nicht an diesen Fall erinnern.

»Dann werde ich selbst den Sachverhalt des Katzenkönig-Falls schildern. Die drei Angeklagten lebten in einem von Mystizismus, Scheinerkenntnis und Irrglauben geprägten neurotischen Beziehungsgeflecht zusammen. Den Angeklagten P und H gelang es, den leicht beeinflussbaren R von der Existenz eines Katzenkönigs zu überzeugen, der seit Jahrtausenden das Böse verkörpere und die Welt bedrohe. Sodann spiegelte H dem R vor, der Katzenkönig verlange ein Menschenopfer in Gestalt von N. Sonst würde die Menschheit von dem Katzenkönig vernichtet. R stach mit einem Fahrtenmesser der ahnungs- und wehrlosen N zwölfmal in Hals, Gesicht und Körper. N überlebte schwer verletzt.«

Während Florian die Informationen verarbeitete, ging Helmut Cornelius auf der Rednertribüne auf und ab. Dann kehrte er zum Rednerpult zurück.

»Nun, Herr Hansen, was können Sie uns zur Abgrenzung von Anstiftung zur mittelbaren Täterschaft sagen?«

Florian suchte verzweifelt nach der Antwort. Nur das Quietschen der Sitze anderer Studenten war zu hören, die ihre Positionen veränderten. Er konnte sich nicht an den Fall erinnern. Dann versuchte er zu überlegen, welche Schlussfolgerungen sich aus dem von Cornelius geschilderten Fall für die Abgrenzung von Anstiftung zur mittelbaren Täterschaft ergaben. Doch durch Cornelius' überraschende Ansprache war er blockiert. Er sagte nichts.

»Wie Sie vielleicht bemerkt haben, Herr Hansen, hat R als Werkzeug von P und H gehandelt.«

Florian stand nur schweigend da.

»Sie können sich wieder setzen, Herr Hansen. Frau Cornelius, vielleicht können Sie uns weiterhelfen?«

Erleichtert nahm Florian Platz.

Er starrte auf das weiße Blatt Papier vor ihm, während Saskia die Abgrenzung von Anstiftung zur mittelbaren Täterschaft anhand des Katzenkönig-Falls erläuterte.

4

Das Kleine Rechtshaus befand sich neben dem eigentlichen Rechtshaus in der Schlüterstraße. Das im neoklassizistischen Stil im Jahr 1916 erbaute Palais war jahrzehntelang Sitz des Seminars für Verwaltungslehre gewesen. Die Universität hatte sich entschlossen, das Gebäude grundlegend zu sanieren. Die Verwaltungsrechtler waren bereits ausgezogen. Zurzeit wurde es entkernt.

Professor Heckscher stand mit seiner Aktentasche davor. Von der einstigen Pracht des Palais war nichts mehr zu erkennen. Nach dem Zweiten Weltkrieg waren bombenbedingte Dachschäden repariert worden. Danach hatte man das Gebäude sich selbst überlassen. An der verwitterten Fassade waren die Schatten demontierter Schilder zu sehen – und ein nagelneues Schild, auf dem »Institut für Justizirrtümer« stand.

Missmutig betrat Falk Heckscher das mit Baumaterialien vollgerümpelte Treppenhaus. Eine dicke Schicht Baustaub hatte sich wie ein Leichentuch ausgebreitet. Von oben drang das kreischende Geräusch einer Mauerfräse quälend in seine Gehörgänge. Im Treppenhaus hing ein weiteres neues Schild, das zum Souterrain wies.

Unten angekommen stellte Heckscher fest, dass sich seine Befürchtungen bewahrheitet hatten. Was Löwenberg als

Untergeschoss – oder das Schild als Souterrain – bezeichnete, war schlicht ein Keller.

Unten ging es links zum Heizungskeller. Rechts war eine Tür, neben der ein weiteres Schild hing: »Institut für Justizirrtümer«. Heckscher betrat sein neues Reich. Gleich hinter dem Eingang befand sich der Empfang, an dem bereits seine künftige Sekretärin saß.

Gütiger Himmel! Ein Grufti!, dachte Heckscher bei ihrem Anblick.

Schwarze lange Haare, leichenblasses Gesicht mit dunkel geschminktem Mund, schwarze Kleidung.

»Guten Morgen, mein Name ist Professor Heckscher.«

»Franziska Horstkotte.«

Heckscher schüttelte ihr die Hand und fragte halb im Scherz: »Welches Dienstvergehen haben Sie begangen, um hier zu landen?«

Vielleicht die Abhaltung einer Schwarzen Messe mit einem Menschenopfer in Form Ihres letzten Professors?

»Gar keins. Sonnenlicht schadet meiner Blässe. Ich arbeite gern im Keller.«

»In diesem fensterlosen Raum besteht in der Tat keine Gefahr, eine gesund aussehende Hautfarbe zu bekommen.«

Franziska Horstkotte kniff den ohnehin schmalen Mund zusammen.

»Sind schon Schreiben Verurteilter eingegangen?«

»Nach der Pressemeldung über die Neugründung des Instituts für Justizirrtümer ist eine Flut von Bittschriften über uns hereingebrochen. Die Kartons stehen auf Ihrem Schreibtisch.«

Falk Heckscher verschaffte sich einen Überblick. Es waren vier Räume. Vorn neben dem Empfang befand sich ein großer Besprechungsraum. Am Ende des Ganges lag sein Büro, daneben sah er zwei kleinere Büros. Dazu gab es eine Teeküche und ein WC.

Er legte die Aktentasche auf dem Schreibtisch ab und sah sich um. Die Wände waren verblichen weiß, der Boden in Linoleumgrau. Das Mobiliar war mindestens zwanzig Jahre alt und verschlissen. Es musste aus der ersten Generation grauer Büromöbel stammen. Eine Symphonie in Behördengrau. Die Fenster waren hoch gelegen und klein und ließen nur wenig Tageslicht herein. Durch eines konnte er die Unterseite eines Busches sehen. An der niedrigen Decke des Raumes verbreitete eine flackernde Leuchtstoffröhre spärlich kaltes Licht. Die Luft war kühl und feucht. Das Büro war wie gemacht für Depressionen, stellte er fest. Ein Paradies für Grufties und Kellerasseln.

Auf seinem Schreibtisch standen zwei neue Kartons mit Bittschriften. Ein älterer Karton hatte sich bereits infolge des Unschulds-Seminars angesammelt. Doch alle drei würden warten müssen. An der Wand waren zehn Kartons mit Büchern und Aktenordnern aus seinem alten Büro aufgestapelt. Er machte sich daran, sie auszupacken.

5

»Ah, Vollpfosten und Zicke beehren mich mit ihrer Anwesenheit«, begrüßte Heckscher Florian und Saskia. Sie hatten ihn im Besprechungsraum des Instituts gefunden.

Immerhin gibt Hecki mir heute keinen Frauennamen, dachte Florian.

»Wir wollten nur mal vorbeischauen«, sagte Saskia.

Florian und Saskia hatten im Internet von der Eröffnung des Instituts gelesen. In dem Artikel war der Freispruch des Polizisten Hoffmann lobend erwähnt worden, an dem sie maßgeblich beteiligt gewesen waren. Sie waren neugierig, wie es mit der Suche nach Fehlurteilen weiterging.

»Ihr kommt wie gerufen«, sagte Heckscher und zeigte auf einen großen Haufen Briefe auf dem Tisch. »Ich bin grad dabei, Bittschriften zu sortieren. Ihr könnt mir dabei helfen. Nehmt Platz.«

Während Saskia sich hinsetzte, musterte Florian den Stapel Briefe und schätzte ihn auf sechzig Stück. Alles war dabei. Kleine, große, dünne, dicke, weiße und braune Umschläge. Das roch verdächtig nach Arbeit.

»Die Einladung gilt auch für dich, Schneewittchen.«

So lang sind meine Haare gar nicht, dachte Florian und setzte sich gehorsam hin.

»So, Kinder, vorab vier Auswahlkriterien: Erstens muss der Verurteilte behaupten, unschuldig zu sein. Fälle, in denen jemand angibt, schuldig zu sein, aber möglichst nicht oder nur mild bestraft werden möchte, nehmen wir nicht an.«

Florian bemerkte, dass Saskia in Sekundenschnelle ihren Collegeblock aus der Tasche gezaubert hatte und mitzuschreiben begann. Streberin! Noch schlimmer als Hermine Granger in »Harry Potter«. Noch verbissener als Clarice Starling in »Das Schweigen der Lämmer«. Dabei hatten sie ihren Seminarschein bei Hecki schon gemacht.

»Zweitens sollte es sich um Fälle aus Norddeutschland handeln. Wir haben kein Reisebudget und können keine Justizirrtümer bearbeiten, die … beispielsweise in Bayern spielen.«

Den Punkt fand Florian sympathisch, denn Reisen konnte auch anstrengend sein, zumal wenn das Ziel kein Strand war.

»Drittens muss der Rechtsweg ausgeschöpft sein. Wir mischen uns nicht in laufende Verfahren ein.«

Florian betrachtete Heckscher. Er sah besser aus als bei seinem Absturz im Sommersemester. Und schien sich für sein neues Institut zu interessieren.

»Viertens muss der Fall eine Erfolgsaussicht haben.«

»Woran machen wir das fest?«, fragte Saskia.

»Der Verurteilte muss überzeugend darlegen, dass er unschuldig verurteilt wurde. Im Idealfall kann er dafür Beweismittel benennen. Viele Schreiben sind aber gleichermaßen verzweifelt wie aussichtslos.«

Heckscher wühlte in dem Haufen und zog einen Umschlag heraus.

»Hier schreibt jemand, er sei von der Rechtsbeugemafia achtzehn Mal wegen Betrugs verurteilt worden. Von elf Gerichten in ganz Deutschland. Selbstverständlich alles Fehlurteile. Eine bundesweite Verschwörung der Justiz gegen ihn.«

Florian nickte. Das klang wie ein querulatorischer Spinner.

Heckscher fingerte einen weiteren Brief hervor. »Ein anderer schreibt, die Beweislage gegen ihn sei erdrückend gewesen. Zeugen, Videoaufnahmen und positive DNA-Tests, alles habe gegen ihn gesprochen. Aber er schwört beim Leben seiner Mutter, dass er es nicht gewesen ist. Wenn schon der Verurteilte nicht mal den Hauch eines Entlastungsbeweises sieht, sollten wir die Finger davon lassen.«

Heckscher teilte die Briefe in drei Stapel auf und schob Florian und Saskia jeweils einen rüber.

»Wer zuerst einen aussichtsreichen Fall findet, bekommt einen Keks«, sagte Heckscher gut gelaunt.

Florian öffnete den ersten Brief. Er war wie so viele handgeschrieben auf kariertem Notizpapier, enthielt viele Emotionen und wenig Fakten, war dafür aber vier eng beschriebene Seiten lang.

Die drei lasen schweigend. Außer gelegentlichem Papierrascheln war nichts zu hören.

Nach einer halben Stunde fing Florian an, dauernd den Knopf seines Kugelschreibers zu drücken. *Knips, knips, knips.*

Nach einer Stunde hatte jeder seinen Stapel durchgelesen.

»Also, ich habe keinen interessanten Fall gefunden«, sagte Florian und tippte mit dem Kugelschreiber auf die Briefe vor sich.

»Was wir hier machen, ist die Suche nach der Nadel im Heuhaufen«, sagte Heckscher. »Der Heuhaufen von Eingaben ist groß, aber es wird Nadeln mit Justizirrtümern darin geben. Wir müssen sie nur finden.«

»Haben Sie denn einen geeigneten Fall?«, fragte Florian.

»Nein, aber da sind noch zwei Kartons voll mit Briefen.«

»Bitte nicht.«

»Ich glaube, ich bin auf etwas gestoßen«, sagte Saskia.

Florian und Heckscher sahen sie an.

»Ein Rechtsreferendar namens Jan Virchow wurde wegen einer drogeninduzierten Psychose in die Psychiatrie eingewiesen. Dort hat er im Rahmen einer Gesprächstherapie die Entführung und Ermordung eines neunjährigen Mädchens gestanden. Er wurde vom Landgericht Hamburg rechtskräftig zu lebenslänglicher Freiheitsstrafe verurteilt. Seine Schwester schreibt uns, dass es außer dem Geständnis keine Beweise gegen ihn gegeben habe. Er sei unschuldig.«

»Wie kommt ein Referendar in die Psychiatrie? Klingt wirklich spannend«, kommentierte Florian.

Professor Heckscher ließ sich den Brief von Saskia geben und überflog ihn.

»Der Fall erfüllt die vier Auswahlkriterien«, bestätigte Heckscher. »Die Schwester behauptet, ihr Bruder sei unschuldig eingesperrt, es ist ein Hamburger Fall, er ist rechtskräftig abgeschlossen, und eine Verurteilung nur aufgrund eines Geständnisses ist angreifbar. Gut gemacht, Saskia.«

Sie errötete leicht.

»Also, Kinder, wann könnt ihr anfangen?«

Florian und Saskia tauschten einen entsetzten Blick. Vorletztes Semester hatten sie an Heckschers Seminar »Das Fehlurteil im Strafprozess« teilgenommen und darin erfolgreich einen Justizirrtum aufgeklärt. Aber das Seminar war beendet und sie hatten ihren Schein bekommen.

»Tut uns leid, wir stecken mitten in der Examensvorbereitung und haben keine Zeit«, sagte Saskia entschieden.

Florian musste ein Lächeln unterdrücken. Manchmal nervte ihn ihre aggressiv-bestimmende Art, aber hier hatte sie die Situation gerettet. Unbezahlte Mehrarbeit war nicht nach seinem Geschmack.

Von oben war ein Bohrhammer zu hören.

»An diesem Institut sind zwei Stellen für studentische Hilfskräfte zu besetzen«, sagte Heckscher. »Ihr würdet an Justizirrtümern arbeiten und dafür bezahlt werden.«

»Was verdient man da?«, fragte Florian.

»Es sind zwanzig Stunden die Woche zu je zwölf Euro fünfzig. Also tausend Euro im Monat.«

»Ich bin dabei. Eine Stelle als HiWi ist besser als Taxifahren.« Florian freute sich.

»Saskia?«

Sie zögerte. Schließlich sagte sie: »Danke für das Angebot, ich muss darüber nachdenken. Ich hab keine Zeit und bin auch nicht auf das Geld angewiesen.«

Professor Heckscher faltete die Hände zu einem Dach. »Was willst du für das Examen noch lernen? Du weißt doch alles.«

»Bestimmt habe ich noch irgendwo Wissenslücken.«

»Nie im Leben! Der Paragraf, den du nicht kennst, muss erst noch erlassen werden«, sagte Florian.

Saskia warf ihm einen giftigen Seitenblick zu.

»Eine Stelle als HiWi macht sich gut im Lebenslauf«, versuchte Heckscher, sie zu locken.

Saskia schwieg.

»Die Ermittlungsarbeit im Fall Hoffmann war doch interessant. Das ist besser als immer nur trockene Theorie.«

Saskia musste sich beherrschen, nicht zu nicken, denn damit hatte Heckscher recht.

»Du könntest mit der HiWi-Stelle deinen Vater ärgern«, sagte Florian verschwörerisch. »Du verdienst eigenes Geld und machst dich von ihm unabhängig. Außerdem glaubt er nicht an die Existenz von Justizirrtümern und hält das Ganze für Hexenzeug aus Amerika.«

Saskia sah Florian einen Augenblick stirnrunzelnd an.

Dann hatte sie sich entschieden.

6

Im Morgengrauen wollte Florian seine Taxi-Nachtschicht beenden. Er saß seit zwölf Stunden hinter dem Steuer und sehnte sich nach seinem Bett. In der Nacht von Samstag auf Sonntag verdiente man erfahrungsgemäß am meisten. In den letzten Stunden hatte er die Reste der Nacht von der Reeperbahn nach Hause gefahren. Darunter viele Betrunkene, Prostituierte und Muskelmänner, die oft keine angenehme Kundschaft waren. Immerhin hatte ihm diesmal niemand den Wagen vollgekotzt. Ein benutztes Kondom lag offensichtlich auch nicht auf dem Rücksitz. Immerhin musste er unter der Woche nicht Taxi fahren, wenn die Kasse am Wochenende kräftig klingelte, und konnte sich stattdessen dem Studium widmen. Mit seinen sechsundzwanzig Jahren bekam er manchmal Angst, es würde für ihn beim Taxifahren bleiben. Unter den Kollegen waren viele gescheiterte Akademiker am Taxijob hängen geblieben. Sich nach zwei oder drei Nachtschichten am Montag wieder auf die Paragrafen zu konzentrieren, war hart. Dank Heckschers HiWi-Stelle würden diese Nachtschichten bald Vergangenheit sein.

Florian musste den Mercedes an einer roten Ampel anhalten. Links lag das majestätische Hotel Atlantik, auf dessen Dach schon James Bond in »Der Morgen stirbt nie« vor einem

Profikiller geflohen war, rechts die Außenalster. Auf der anderen Seite der Kreuzung – das war doch nicht zu fassen! – watschelte eine Schwanenfamilie über die breite Straße. Vorne und hinten die Eltern, dazwischen zwei halbwüchsige Schwäne.

In Hamburg gehörten Schwäne zum Stadtbild. Die etwa hundertfünfzig Alsterschwäne waren ein Wahrzeichen der Elbmetropole. Es gab sogar einen städtischen Schwanenvater, der sich um ihr Wohlergehen kümmerte.

Florian sah, dass die Ampel für den Querverkehr auf Rot umschaltete. Dann wechselte seine Ampel auf Grün. Gerade wollte er anfahren, da schoss von links aus dem Holzdamm ein schwarzer BMW. Die Schwäne bemerkten ihn auch und liefen watschelnd schneller. Doch den letzten Schwan erfasste das Auto. Er wirbelte durch die Luft. Weiße Federn segelten auf den Asphalt.

Die Bremslichter des BMW leuchteten kurz auf, dann beschleunigte er wieder.

»Das Schwein hält nicht an«, rief Florian und schlug auf das Lenkrad. Er erschreckte sich selbst, als es hupte.

Während der Dieselmotor leise tuckerte, überlegte er, was er tun sollte. Er mochte Tiere, auch wenn er selbst keins hatte. Vielleicht war es absurd, aber … er wollte nach dem Schwan schauen.

Also fuhr er das Taxi über die Kreuzung, stoppte, schaltete die Warnblinker ein und stieg aus.

Der Schwan lag im Rinnstein und hatte eine Wunde an der Brust, die blutete. Als Florian sich näherte, versuchte das Tier, den Kopf zu heben, es gelang ihm jedoch nicht.

Seine Familie schnatterte und fauchte aufgeregt auf der Grünfläche neben der Straße.

Was sollte er tun? Den Schwan verenden lassen? Oder ihn retten? Das verletzte Tier tat ihm leid. Außerdem hatte er Junge, die ihn brauchten. Kurz entschlossen holte Florian eine alte

Decke aus dem Kofferraum und wickelte ihn darin ein. Der Schwan war zu geschwächt, um sich zu wehren. Er stellte den Beifahrersitz zurück und legte den Schwan in den Fond.

Dann gab Florian Gas und betätigte das Funkgerät.

»Doppelsieben.«

»Zentrale hört.«

»Ich habe einen angefahrenen Schwan im Wagen. Bitte informieren Sie das Tierspital und den Schwanenvater.«

Die Straßen waren an diesem frühen Sonntagmorgen leer. Florian beschleunigte auf achtzig Stundenkilometer, überquerte die Kennedybrücke und passierte kurz darauf die Uni.

Er schaute zu dem Schwan hinunter. Der hatte den Kopf auf den Rücken gelegt und blinzelte. Also lebte er noch.

Sein Chef würde über die Leerfahrt und das vollgeblutete Taxi nicht begeistert sein, aber das war Florian egal.

Er brauchte nur ein paar Minuten bis zum Tierspital in Hoheluft.

Mit dem Schwan im Arm lief er hinein. Eine Schwester nahm ihm das Tier ab.

Der verletzte Schwan wurde gleich behandelt. Während Florian wartete, kam der Schwanenvater dazu und bedankte sich bei Florian.

Nach einer Stunde teilte der Tierarzt ihnen mit, dass er das Leben des Schwanes mit dreißig Stichen und Klammern hatte retten können. Er würde wieder ganz gesund werden.

Todmüde, aber glücklich verließ Florian das Tierspital.

7

Professor Heckscher war gerade dabei, sein Seminar »Das Fehlurteil im Strafprozess« vorzubereiten, als Dekan Löwenberg in sein Büro kam.

»Schön haben Sie es hier«, sagte Löwenberg und strich sich Baustaub von der Schulter seines dunkelblauen Anzugs.

»Noch schöner wäre das Büro mit mehr Licht und weniger Lärm«, erwiderte Heckscher.

Löwenberg blieb einen Augenblick stehen und sah sich um.

»Alle Achtung. So ordentlich hat es in Ihrem alten Büro nie ausgesehen.«

Heckscher verkniff sich die Bemerkung, dass dies nicht sein Werk war, sondern das seiner Sekretärin Horstkotte. Sie hatte alle Bücher und Aktenordner nach Farben sortiert. Das ergab inhaltlich nicht viel Sinn, besser wäre eine Sortierung nach Rechtsgebieten und Themen gewesen. Doch bei oberflächlicher Betrachtung sah sein Bücher- und Aktenbestand eindrucksvoll strukturiert aus.

Löwenberg setzte sich vor dem Schreibtisch hin und fragte: »Geht es Ihnen wieder besser?«

Der Dekan war vordergründig freundlich, wirkte aber angespannt. Langsam dämmerte es Heckscher. Dies war kein

Höflichkeits-, sondern ein Kontrollbesuch. »Alles im grünen Bereich.«

»Hatten Sie schon Gelegenheit, die Briefe der Verurteilten zu sichten?«

»O ja.«

Heckscher hatte mit Florian und Saskia sechzig von dreihundert Briefen gelesen. Das war gar keine so schlechte Quote, fand Heckscher.

»Welcher wird die erste Aufgabe des Instituts sein?«

»Am interessantesten erscheint uns der Fall Jan Virchow«, antwortete Professor Heckscher.

Dekan Löwenberg entspannte sich.

Heckscher fasste das Schreiben von Virchows Schwester zusammen.

»Ein Referendar in der Psychiatrie? Hat der etwa bei uns Jura studiert?«, fragte Löwenberg. Die aufkeimende Besorgnis stand ihm ins Gesicht geschrieben.

»Das wissen wir noch nicht.«

Heckscher hatte noch nicht einmal die Akten des Falles Virchow angefordert.

»Gibt es keinen besseren?«

Löwenberg machte sich offenbar Sorgen um den guten Ruf der Fakultät. Allein schon, weil der Virchow-Fall Löwenbergs Blutdruck steigerte, war er goldrichtig.

»Täglich gehen neue Anfragen ein. Ich werde sorgfältig prüfen, ob ein besser geeigneter Fall darunter ist.«

In Wirklichkeit würde er sich die Mühe nicht machen.

Der Virchow-Fall würde der erste Fall des neuen Instituts sein.

8

»O Gott, ist der Karton schwer!«, stöhnte Franziska Horstkotte, als sie ihn in Florians und Saskias Büro trug. Draculas Schwester war auch heute wieder ungesund bleich. Florian vermutete, sie schlich sich in der Morgendämmerung ins Institut und verließ es erst bei Nacht, um nicht von einem Sonnenstrahl getroffen zu werden.

Die Sekretärin stellte den Karton ächzend auf dem Doppelschreibtisch ab.

»Schlafen Sie eigentlich in einem Sarg?«, fragte Florian.

»Warum glaubst du, dass ich überhaupt schlafe?«, fragte Franziska Horstkotte mit hochgezogenen Augenbrauen.

»Sie verwandeln sich in eine Fledermaus?«

»Richtig, und heute Nacht fliege ich in dein Zimmer und sauge dir das Blut aus.«

Sie zwinkerte Florian zu und ging.

»Sie mag dich«, kommentierte Saskia und stand auf, um sich den Karton anzusehen.

»Kein Grund, eifersüchtig zu werden.«

»Ist von der Staatsanwaltschaft«, stellte Saskia nach einem Blick auf den Absender fest.

»Was hat eigentlich dein Vater zu der HiWi-Stelle gesagt?«

»Er war nicht amüsiert.«

Saskia öffnete den Karton und sah hinein. »Das sind die Virchow-Akten.« Sie nahm Dutzende davon aus dem Karton und stapelte sie auf dem Schreibtisch. Es waren die Ermittlungsakten nebst mehreren Spurenakten.

»Das sind bestimmt über zweitausend Seiten. Wir werden ewig brauchen, sie zu lesen«, sagte Florian, trommelte mit den Fingern auf die Tischplatte und schlug die Akten wahllos auf.

»Da kommen wir nicht drum herum«, sagte Saskia mit einem Schulterzucken.

»Hier hab ich was«, sagte Florian triumphierend und fingerte eine DVD aus einer Klarsichthülle. »Ist mit ›Tatortbegehung‹ beschriftet.«

»Auch ein Filmfreak muss die Akten lesen.«

»Ja, aber ein Video ist als Einstieg in den Fall viel spannender.« Florian legte die DVD in den Computer.

»Du bist nur zu faul, die Akten zu lesen.«

Ertappt! Ein Grinsen flackerte in Florians Gesicht auf, während der Computer surrend das Video startete.

Jan Virchow wurde von zwei Pflegern und einer Therapeutin von der Psychiatrie zu einem Kleinbus VW T6 geführt. Ein auffallend blasser junger Mann mit etwas zu langen und fettigen hellbraunen Haaren ging auf die Kamera zu, blieb dann stehen und sah direkt in das Objektiv.

»Der sieht aus wie eine Frau«, kommentierte Florian.

»Quatsch«, konterte Saskia.

»Schau nur seine hohen Wangenknochen und die vollen Lippen.«

»Das wird durch seine eisblauen Augen wieder ausgeglichen.«

»Sieht aus wie Cillian Murphy. Der hat den Schurken in ›Red Eye‹ und die Vogelscheuche in ›Batman Begins‹ gespielt.«

»Nie gehört«, sagte Saskia.

Wie ein Schwenk der Kamera zeigte, warteten vor dem Kleinbus ein Staatsanwalt, ein Rechtsanwalt, zwei Kripobeamte und mehrere uniformierte Polizisten.

Die Truppe verteilte sich auf einen Streifenwagen, zwei Zivilwagen und den Kleinbus. Dann setzte sich die Wagenkolonne in Bewegung.

Die Fahrt führte nach Steilshoop in den Edwin-Scharff-Ring. Jan Virchow schilderte auf dem Bürgersteig vor laufender Kamera, wie er Nele abgepasst und in den Transporter gezerrt hatte. Nein, sie sei vollkommen überrascht gewesen und habe sich nicht gewehrt, sagte Virchow auf die Frage eines Kripobeamten. Er kündigte an, ihnen die Stelle in der Lüneburger Heide zu zeigen, an der er Nele umgebracht hatte.

Die Fahrt führte durch den Elbtunnel und raus aus der Stadt. Virchow bat mit schleppender Stimme um einen Halt, es gehe ihm nicht gut. Die Wagenkolonne stoppte auf dem nächsten Autobahnparkplatz. Virchow stieg aus dem Kleinbus, umringt von Pflegern und Polizisten. Offensichtlich um seine Aussagebereitschaft zu fördern, hatten sie ihn nicht gefesselt. Ein Pfleger gab ihm eine Tablette. Sie ließen ihm ein paar Minuten Zeit. Dann ging es ihm wieder besser, und die Fahrt konnte fortgesetzt werden.

Die Kolonne verließ bei Soltau die Autobahn und fuhr in die Lüneburger Heide hinein. Virchow gab ein paarmal Anweisungen für den Weg. Dann lotste er sie auf einen kilometerlangen und buckligen Waldweg. Als sich vor ihnen eine Lichtung auftat, sagte Virchow, dies sei die Stelle. Der Tross hielt an.

Der Kameraschwenk zeigte eine ganz normale Lichtung, wie es sie tausendfach in deutschen Wäldern gab. Nichts deutete darauf hin, dass hier ein furchtbares Verbrechen begangen worden war.

Dann erfasste das Objektiv wieder Jan Virchow, der sich umsah. Er führte sie zu einem Findling auf der Wiese. Der Stein war etwa zwei mal zwei Meter groß und flach. Virchow wartete, bis sich alle um ihn versammelt hatten. Tränen standen in seinem Gesicht. Auf diesem Stein habe er Nele vergewaltigt, erzählte er mit weit ausladenden Gesten. Schluchzend gestand er, sie anschließend ermordet zu haben. Er habe so oft mit dem Messer auf ihre Brust eingestochen, bis sie tot war. Die Worte kamen stoßweise. Vornübergebeugt presste er sich eine Hand auf den Magen. Es sah aus, als müsste er dagegen ankämpfen, sich zu übergeben.

Ein Kameraschwenk zeigte die erschütterten Gesichter der anderen. Was er dann mit der Leiche gemacht habe, wollte ein Kripobeamter wissen.

Virchow musste sich an dem Stein abstützen.

»Ich habe sie zerstückelt und dann verbrannt«, sagte er mit brechender Stimme.

Beklommenes Schweigen breitete sich aus, als das Video geendet hatte.

»Es wird sehr schwer, Virchows Unschuld zu beweisen«, sagte Florian schließlich.

9

»Wie heißt die Besserungsanstalt für Hunde in China?«, fragte Florian.

Cheng, der gerade mit einer Kelle das von ihm gekochte rötlich-braune Essen auf die Teller verteilte, sah ihn nur schulterzuckend an.

»Kochtopf.«

»Nein, das sind Hühnchenwürfel nach Kung-Pao-Art. Kein Hundefleisch.«

Florian lebte in einer Drei-Mann-WG in einem Hinterhof-Altbau in Hamburg-St.-Georg. Sie saßen am Esstisch in der Küche. Weiße Billigmöbel standen zwischen Waschmaschine und Kühlschrank an der Wand. Auf dem seit zwei Jahren defekten Geschirrspüler hatten sich leere Bierflaschen und Pizzakartons gepaart und fleißig Kinder bekommen. An der Tür hing ein Filmplakat zu »Kill Bill«. Souterrain hatte der Makler das Kellerloch euphemistisch genannt, aber zumindest war es bezahlbar. Florian und Simon mochten die Nähe zur lebhaften Langen Reihe am Hauptbahnhof.

Cheng war ein chinesischer Informatikstudent. Er hatte zuerst Mathematik studiert und nach einem Abschluss in Rekordzeit dieses Semester mit Informatik angefangen. Cheng hatte einen kugelrunden Kopf, die gesunde Hautfarbe eines

Kreidefelsens und trug eine randlose Brille. Er hatte gerade neue Gläser mit zwei Dioptrien mehr bekommen. Einen Zentimeter dick – wahrscheinlich schusssicher. Simon nannte ihn wegen seiner schwarzen Topfschnittfrisur *Mister Spock*. Er lächelte ständig, war aber eher schweigsam, da er sich außer für Mathematik und Computer für nichts interessierte. Das wurde von dem redseligen Simon mehr als wettgemacht. Mit blond gesträhnten und hochgegelten Haaren, der großen schwarzen Hornbrille und dem Dreitagebart war er der Spaßvogel der WG. Er hatte irgendwas mit Luft- und Raumfahrttechnik in Harburg studiert, das Studium aber zugunsten seines Ladens *Treckies World* aufgegeben. Im Univiertel verkaufte er Filme, Bücher und Modellbausätze aus dem Star-Trek-Universum.

»Das Bad ist ein Katastrophengebiet. Lass uns drei Runden *Star Wars gegen Star Trek* spielen. Wer verliert, putzt es«, schlug Florian vor.

»Und was ist mit Cheng?«, fragte Simon.

»Ich war letzte Woche dran«, sagte der.

»Welches Raumschiff ist schneller? Millennium Falke oder Voyager?«, fragte Florian.

»Die Voyager, sie macht fast Warp 10«, sagte Simon triumphierend.

»Falsch, der Millennium Falke kann sogar mit Hyperspace fliegen«, hielt Florian dagegen.

»Ihr müsst ausrechnen, welches Schiff mehr Lichtjahre pro Stunde macht«, sagte Cheng und stellte im Kopf ein paar Berechnungen an.

»Da liegt der Millennium Falke mit tausendeinundvierzig Lichtjahren vor den neunhundertdreiunddreißig der Voyager«, sagte Cheng trocken.

Simon wollte nachfragen, doch Florian bedeutete ihm mit einer Handbewegung, dies nicht zu tun. Die langen und komplizierten Berechnungen hätten beide nicht verstanden.

»Gewonnen!«, freute sich Florian. Er mochte es, mit seinen WG-Kumpels abzuhängen. Mit ihnen konnte er sich auch über Sinnfreies und nicht nur über Paragrafen unterhalten. Jurastudenten neigten auch privat zur Fachsimpelei, was ihn nervte. Das artete schnell in einen Wettstreit aus, wer der bessere Student war.

»Wer ist der größere Bösewicht? Darth Vader oder Khan?«, eröffnete Simon eine neue Runde.

Cheng aß schweigend weiter. Das hatte offensichtlich nichts mit Prozessoren und Algorithmen zu tun.

»Du meinst den Khan aus ›Star Trek II: Der Zorn des Khan‹?«, fragte Florian.

Simon nickte.

»Selbstverständlich Darth Vader. Furchteinflößender und böser geht es nicht«, sagte Florian.

»Khan braucht aber keine Maske, um böse zu wirken. Außerdem wird Darth Vader in Episode VI weich, als er den Imperator in einen Reaktorschacht des Todessterns schleudert, um Luke Skywalker zu retten.«

»Der Punkt geht an dich. Neue Runde. Wer ist der bessere Androide? Also –«, sagte Florian.

»Cheng«, platzte Simon dazwischen, bevor Florian seine Frage beenden konnte.

Der Angesprochene reagierte nicht einmal.

»Nein, C-3PO oder Data?«

»Ganz klar Data.«

Mister Spock hatte seinen Teller leer gegessen, stellte ihn auf den Stapel dreckigen Geschirrs, nahm eine große Flasche Cola aus dem Kühlschrank und ging. Er würde bis morgen früh in seine ganz eigene Welt abtauchen.

»Der Protokolldroide C-3PO beherrscht insgesamt etwa sechs Millionen verschiedene Sprachen.« Florian war sich seines Sieges schon sicher.

»Ja, aber Data hat ein enzyklopädisches Wissen in sämtlichen Fachgebieten, nicht nur in Sprachen«, sagte Simon und lächelte in der Gewissheit, nicht putzen zu müssen.

»Du hast zwei zu eins gewonnen. Ich geh das Bad kärchern.«

10

Florian und Saskia waren nach dem vierstündigen Wiederholungs- und Vertiefungskurs am Vormittag erschöpft. Nach einer Stärkung in der Mensa gingen sie ins Institut. Auf dem Schreibtisch lagen immer noch die Aktenstapel des Falles Virchow.

»Die Dutzend Akten mit über zweitausend Seiten zu lesen wird ewig dauern«, beschwerte sich Florian erneut.

»Jammern nützt nichts. Ich schlage vor, wir fangen mit dem Inhaltsverzeichnis an«, sagte Saskia und schlug die betreffende Akte auf.

Der erste Band enthielt detaillierte Berichte über die ergebnislose Suche nach Nele. Der zweite Band beschäftigte sich mit Dutzenden Hinweisen aus der Bevölkerung, die allesamt zu nichts geführt hatten. Alle Personen aus Neles Umfeld waren vernommen worden. Die Vernehmungsprotokolle füllten die Bände drei und vier. Zwei Aktenbände beinhalteten die ergebnislose Suche nach einem Transporter, der möglicherweise für die Entführung benutzt worden war. Ein Mitschüler namens Nils Wolkenhauer hatte gesehen, wie Nele in ein Handwerkerauto gezerrt worden war. Die Kripo hatte ihm Fotos verschiedener Marken gezeigt, und der Junge hatte auf einen Ford Transit getippt. Konkretere Angaben zu Modell und Baujahr konnte er nicht machen.

»Die Olsenbande fuhr in ihrem letzten Film auch einen Ford Transit«, sagte Florian.

»Das hilft uns nicht weiter«, sagte Saskia ungehalten. »Schau, hier ist eine Auskunft des Kraftfahrtbundesamtes, nach der achtzigtausend Ford Transit in Deutschland zugelassen sind. Die Polizei hat die Suche auf weiße und in Hamburg zugelassene Transporter eingegrenzt, und das waren immerhin noch fünfhundert. Sämtliche Halter wurden ergebnislos überprüft.«

»Der Transporter muss nur in Schleswig-Holstein zugelassen gewesen sein, und schon ist er durchs Raster gefallen«, sagte Florian.

»Nach dem Transporter in Schleswig-Holstein zu suchen, ist für uns kein geeigneter Ansatzpunkt. Eine Befragung hunderter weiterer Halter können wir zu zweit gar nicht leisten.«

Interessant wurde es dann ab Band sieben, als Jan Virchow in den Fokus der Ermittlungen geriet. Er hatte im Rahmen einer Gesprächstherapie den Mord an Nele gestanden.

Einen Obduktionsbericht gab es nicht, denn Neles Leiche war nie gefunden worden. Laut Virchows Geständnis existierte sie nicht mehr, da er sie zerstückelt und verbrannt hatte.

»Lass uns zuerst das Urteil lesen«, sagte Saskia und blätterte danach. Florian rückte eng an ihre Seite, um es gleichzeitig zu lesen. Ihm stieg Saskias Vanilleduft in die Nase, und er konnte sich Interessanteres vorstellen, als ein Urteil mit ihr zu lesen.

Das Landgericht Hamburg hatte Jan Virchow wegen des Mordes an Nele zu einer lebenslangen Freiheitsstrafe verurteilt und seine Einweisung in eine psychiatrische Klinik angeordnet.

»Die Verurteilung von Virchow beruhte hauptsächlich auf seinem Geständnis. Ein Glaubwürdigkeitsgutachten hatte es als wahr eingestuft. Bei der Spurensicherung auf der Waldlichtung ist das Knochenfragment eines Kindes gefunden worden«, fasste Florian zusammen.

»Das sind auch aus meiner Sicht die drei tragenden Säulen der Urteilsbegründung«, stimmte ihm Saskia zu.

»Hast du im Urteil Fehler gefunden?«

»Nein, und Virchow hielt es offensichtlich für richtig, denn er hat keine Revision eingelegt.«

»Was machen wir nun?«

»Wir gehen die Akte durch.«

Entsetzt sah Florian auf die zweitausend Seiten starke Akte. Es würde eine lange Nacht werden.

11

Missmutig knallte Helmut Cornelius einen Packen Klausuren auf das Rednerpult. Das Mikrofon verstärkte das Geräusch. Es hallte wie ein Schuss durch den Hörsaal.

Florian und Saskia schrieben jede Woche eine Probeklausur. Der Erfolg im Ersten Staatsexamen stand und fiel mit den sechs fünfstündigen Examensklausuren. Wer hier versagte, wurde gar nicht erst zur mündlichen Prüfung zugelassen.

»Es gibt drei Kapitalfehler in Klausuren, die anscheinend unausrottbar sind«, begann Cornelius. »Ich weiß nicht, wie oft ich schon auf sie hingewiesen habe. Das müssten Sie doch langsam mal begriffen haben.«

Er nahm eine Klausur aus dem Stapel und ging damit zu dem Beamer, der auf einem Tisch stand.

»Hier habe ich eine Klausur, in der gleich alle drei Fehler gemacht wurden.«

Cornelius legte die Klausur unter die Dokumentenkamera, der Beamer projizierte sie an die weiße Wand.

Florian erkannte seine Handschrift.

Saskia, die sieben Reihen weiter vorn saß, drehte sich stirnrunzelnd zu ihm um.

»Hier sehen Sie gravierende Mängel in der Subsumtion. Es fehlen schon die Obersätze. Wie man einen Obersatz bildet, sollten Sie spätestens im zweiten Semester gelernt haben.«

Cornelius zeigte mit einem Kugelschreiber auf die Stelle. Dann blätterte er die Klausur um, und eine neue Seite erschien.

»Hier sehen Sie etwas, was umgangssprachlich als Sachverhaltsquetsche bezeichnet wird. Der Kandidat hatte zwar eine Lösung, nur passte sie nicht zum Sachverhalt. Deshalb hat er den Sachverhalt verbogen, damit er zu seiner Lösung passt.«

Wieder blätterte Cornelius eine Seite weiter.

»Statt den Schwerpunkt der Klausur zu bearbeiten, nämlich ob der Täter noch strafbefreiend von dem Versuch zurücktreten konnte, hat der Kandidat eine Wissensprostitution betrieben. Er hat seitenlange überflüssige Ausführungen zu Mordmerkmalen geschrieben.«

Florian versuchte sich damit zu beruhigen, dass ja niemand hier im Saal seine Handschrift kannte – außer Saskia.

»Das ist eine ganz und gar mangelhafte Leistung.«

Helmut Cornelius schwieg einen Moment, um seine Worte wirken zu lassen.

»Herr Hansen, kommen Sie bitte zu mir und holen sich Ihre Klausur ab.«

Mit rotem Kopf ging Florian von der letzten Reihe bis nach unten zu dem Rednerpodest.

»Und Ihre Handschrift ist eine Zumutung.«

12

»Klinik für Forensische Psychiatrie« stand auf dem Schild vor der Schranke mit dem Wachhäuschen.

Florian und Saskia waren angemeldet und durften in ihrem VW Beetle passieren.

Die Psychiatrie befand sich im Norden der Stadt, kurz vor der Grenze zu Schleswig-Holstein, auf einem Berg. Er war eine ehemalige Mülldeponie, die hundert Meter in den Himmel gewachsen war. Nach ihrer Schließung hatte man sie begrünt und einen grauen Zweckbau aus Beton darauf errichtet. Sie war ausschließlich über eine private Zufahrtsstraße erreichbar, die sich in mehreren Windungen den Berg hochschraubte. Saskia parkte vor dem vier Meter hohen Gefängniszaun, der von Stacheldraht gekrönt war.

Florian und Saskia waren gleichermaßen neugierig und ängstlich, als sie das Gebäude betraten.

»Wusstest du, dass viele Horrorfilme in der Psychiatrie spielen?«, fragte Florian.

»Nein, und ich will es auch nicht wissen.«

In der Besucherschleuse saß ein Wachmann hinter Panzerglas. Er verlangte ihre Personalausweise. Durch ein Edelstahlschubfach bekamen sie Besucherschilder gereicht, die sie sichtbar tragen mussten. Die schnarrende Lautsprecherstimme wies sie an, durch die Tür in den nächsten Raum zu gehen. Ein Summer öffnete. Saskia zuckte zusammen, als die schwere Stahltür krachend hinter ihnen ins Schloss fiel.

Ein muskulöser, ein Meter neunzig großer blonder Pfleger führte sie durch ein verwirrendes Labyrinth aus Korridoren, Treppen und weiteren massiven Türen.

Florians Sneakers quietschten auf dem Steinboden des langen Flurs, Saskias Stiefeletten klapperten. Es roch nach Desinfektionsmitteln – wie in einem Krankenhaus. Eine Pflegerin kam ihnen entgegen, die eine im Rollstuhl sitzende, offensichtlich sedierte Frau vor sich herschob. Hinter einer Seitentür stand ein grauhaariger, unrasierter Mann und hämmerte mit seinen Fäusten vergeblich gegen das Sicherheitsglas. Florian fühlte sich in dieser Mischung aus Krankenhaus und Gefängnis zunehmend unwohl. Nach einer Ewigkeit führte sie der Pfleger in ein kleines Besucherzimmer.

Florian und Saskia nahmen an einem winzigen Tisch Platz. Der Pfleger machte sich auf den Weg zu Jan Virchow.

Ihr neuer Mandant erschien kurze Zeit später flankiert von zwei Pflegern. Er trug eine schwarze Strickjacke, ein weißes T-Shirt und eine schwarze Hose. Er begrüßte Florian und Saskia mit einem scheuen Lächeln und einem feuchten Händedruck. In natura wirkten seine baby-blauen Augen geradezu stechend.

»Wir sind Mitarbeiter des Instituts für Justizirrtümer an der Hamburger Universität«, eröffnete Saskia das Gespräch.

Jan Virchow sah sie fragend und etwas verwirrt an.

»Wir untersuchen alte Fälle darauf, ob es sich möglicherweise um Fehlurteile handelt.«

Jan Virchows Stirnrunzeln vertiefte sich.

Kein *Ja, ich wurde auch unschuldig verurteilt und möchte schnellstens hier raus.* Saskia sah Florian ratlos an.

»Wir sind uns noch nie begegnet. Du hast nicht in Hamburg Jura studiert?«, wechselte Florian das Thema.

Jans Mimik war anzusehen, wie er einen Augenblick über eine Antwort nachdachte.

»Nein, in Kiel. Und ich bin erst zum Referendariat nach Hamburg gekommen.«

»Seit wann bist du hier?«, fragte Saskia.

»Du hast sehr schöne braune Augen, siehst ein bisschen aus wie Emma Watson in den Harry-Potter-Filmen.« Jan lächelte Saskia an.

»Danke«, sagte Saskia leicht errötend. »Und die Antwort auf meine Frage?«

»Bist du noch zu haben, oder seid ihr ein Paar?«

»Wir sind ein Paar«, mischte sich Florian ein.

»Schade.«

»Saskia hat gefragt, seit wann du hier bist.«

»Schon eine Weile.«

»Können es elf Monate sein?«

»So lange?«

Seltsam, dachte Florian. Die meisten Inhaftierten können ihre Haftzeit exakt angeben, für sie zählt jeder einzelne Tag.

»Warum bist du hier aufgenommen worden?«, wollte Saskia wissen.

»Ich war nach dem Examen ausgebrannt und brauchte eine kleine Auszeit.«

Florian und Saskia tauschten einen Blick. In der Strafakte hatten sie gelesen, dass Jan Virchow im November letzten Jahres wegen einer akuten Psychose zwangseingewiesen worden war.

»War das Examen schwer?«, fragte Saskia.

»Eigentlich nicht. Die Klausuren waren problemlos und auch die mündliche Prüfung ging glatt über die Bühne.«

Florian musste ein Kopfschütteln unterdrücken. Alle Juristen, mit denen er bisher gesprochen hatte, hatten das Examen als ausgesprochen schwer beschrieben. Die mehrheitlich schlechten Noten bewiesen das auch.

»Welche Note hast du bekommen?«

»Ein Gut.«

Florians und Saskias Augenbrauen schossen gleichzeitig nach oben. Die Benotung im Staatsexamen ist hart. Durchschnittlich nur fünf Prozent bekommen ein »Gut«, dreißig Prozent fallen durch.

»Darauf kannst du stolz sein«, sagte Saskia.

Ein zufriedenes Lächeln breitete sich in Jans Gesicht aus.

»Wie hast du das geschafft?«, fragte Florian.

»Viel lernen und nicht schlafen.«

»Aha«, sagte Florian knapp. »Warst du auch beim Repetitor?«

»Anfangs ja, aber dann brauchte ich ihn nicht mehr.«

»Wie ist es so in der Psychiatrie?«, wechselte Florian das Thema.

»Eigentlich ganz okay. Nur manchmal werde ich von den Therapeuten ignoriert.«

»Das wird daran liegen, dass es hier auch andere Patienten gibt«, erwiderte Saskia.

Jan Virchows Lächeln erstarb, und er sah Saskia finster an.

»Aber ich bin ein besonderer. Ich verdiene es, bevorzugt behandelt zu werden.«

»Hast du Freunde unter den Mitpatienten?«, versuchte Florian, die Situation zu retten.

»Nein, die anderen auf der Station sind geisteskrank. Ich bin nur zur Erholung hier.«

Nur zur Erholung? Auf Florian wirkte Jan verwirrt.

Florian deutete auf das Fenster aus Panzerglas, hinter dem in einiger Entfernung der Gefängniszaun zu sehen war. »Leidest du darunter, hier nicht rauszukommen?«

»Nein, ich habe hier alles, was ich brauche.«

»Deine Schwester hat uns geschrieben. Sie macht sich Sorgen«, sagte Saskia.

»Sie hat es als alleinerziehende Mutter mit zwei Kindern auch nicht leicht.«

Florian und Saskia wechselten einen irritierten Blick. Sie waren gekommen, um jemand, der möglicherweise unschuldig verurteilt worden war, zu retten. Doch Virchow schien sich in der geschlossenen Psychiatrie ganz wohlzufühlen.

»In den Akten haben wir gelesen, dass du im Rahmen der Gesprächstherapie den Mord an Nele gestanden hast«, sagte Saskia. »Das Geständnis hast du bei der Kripo und schließlich vor Gericht wiederholt.«

»Nein, ich bin zur Erholung hier, nicht wegen eines Mordes.«

Florian und Saskia verabschiedeten sich.

»Was hältst du von Jan?«, fragte Saskia nach Verlassen der Psychiatrie.

»Der ist doch bemackt. Ihm scheint seine Situation und wie er in sie hineingeraten ist überhaupt nicht bewusst zu sein.«

»Traust du ihm einen Mord zu?«

»Einem psychisch Gestörten trau ich alles zu.«

13

Florian und Saskia besuchten händchenhaltend die Quentin-Tarantino-Ausstellung in den Deichtorhallen. Am Eingang stand ein mit seinem Namen beschrifteter Regiestuhl. Dahinter Uma Thurman als Wachsfigur in gelbem Overall mit Samuraischwert aus »Kill Bill«. Es folgte der schwarze Chevy Nova mit dem weißen Totenkopf aus »Death Proof«.

»Was ist dein liebstes Zitat aus einem Tarantino-Film?«, fragte Florian.

»Im Unterschied zu dir merke ich mir nur nützliche Fakten.«

»›Hamburger! Der Grundstein eines jeden nahrhaften Frühstücks!‹ Aus ›Pulp Fiction‹.«

»Du bist unreif«, sagte Saskia und fügte nach einer kurzen Pause hinzu: »Aber süß. Was hasst du am meisten?«

»Nadeln. Beim Arzt werde ich jedes Mal fast ohnmächtig.«

»Was ist an einer Spritze so schlimm?«

»Allein die Vorstellung, wie sich eine dicke, lange Nadel in meine Vene bohrt und der Schmerz den Arm durchzuckt, lässt mich gruseln. Dann wird entweder irgendein Gift injiziert oder Blut abgezapft. Wie in einem Horrorfilm.«

An der Wand hing ein großer Spiegel aus »Reservoir Dogs«. Tarantinos Charaktere schauten sich oft in einem Spiegel an. In fast jedem seiner Filme gab es einen »Mirror Shot«. Florian und Saskia blieben vor dem Spiegel stehen. Er betrachtete Saskias Spiegelbild, ihre braunen Augen und dichten Augenbrauen. Mit der für ihn typischen Geste strich er sich die schwarzen Haare aus der Stirn. Beide waren schlank, sie ein bisschen kleiner als er.

»Wir sind ein hübsches Paar«, sagte Saskia.

»Cool«, antwortete Florian und drückte ihre Hand fest. Seit einem halben Jahr waren sie zusammen. Er war glücklich mit ihr.

»Nur müsstest du mal zum Friseur«, stellte Saskia fest, womit sie auf seine langen Haare anspielte.

»Erst, wenn du deine Haare wachsen lässt«, konterte Florian. Sie hatte seidiges dunkelblondes Haar, das sie regelmäßig kurz schneiden ließ. Er fand es besser, wenn die Frau längeres Haar hatte als der Mann.

Im nächsten Raum hingen Plakate und Fotos aus Tarantinos Filmen.

Es folgte ein Raum mit Kostümen aus diesen Filmen. Eine beeindruckende Kollektion schwarzer Anzüge. Aber auch die grüne Uniform, die Brad Pitt in »Inglourious Basterds« getragen hatte. Saskia blieb vor dem schwarzen Anzug von John Travolta aus »Pulp Fiction« stehen.

»Würde dir auch gut stehen.«

Sie trug einen weißen Pullover unter ihrer schwarzen Jacke und eine ebenfalls schwarze Hose. Schwarz und weiß waren die Juristenfarben. Auch Virchow hatte sich so gekleidet. Florian dagegen mit seiner blauen Windjacke, dem roten T-Shirt, Jeans und Sneakers war der angehende Jurist nicht anzusehen.

»In ein paar Jahren vielleicht«, meinte er unverbindlich.

In der Kulisse des Jack Rabbit Slim's, des Nachtklubs in »Pulp Fiction«, in dem die legendäre Tanzszene mit John Travolta und Uma Thurman stattfand, fragte Florian:

»Gehen wir später zu mir oder zu dir?«

»Ich muss noch lernen.«

»Du weißt schon alles. Gönn dir mal eine Pause.«

»Du willst mir wohl die Füße ablecken?«, neckte Saskia ihn.

»Wie kommst du darauf?«

»Dein Lieblingsregisseur ist Fußfetischist. Oft sind Großaufnahmen von den Füßen der Schauspielerinnen zu sehen.«

»Scharfe Beobachtungsgabe. Aber keine Angst, ich will dir nicht an die Füße! Nur an die Wäsche.«

14

Der »Lord von Barmbeck« war eine kleine, schummrige Kneipe, benannt nach dem Berufsverbrecher und Kneipenwirt, der Anfang des zwanzigsten Jahrhunderts Polizei und Bürger der Hansestadt in Atem hielt, bis er sich 1933 in der Haft erhängte. Ein Schwarz-Weiß-Poster an der Wand zeigte den Gentleman-Einbrecher in feinem Zwirn und mit Hut.

»Guten Abend, Frau Dankers«, sprach Florian die Kellnerin hinter dem langen Tresen an. An der Wand stand ein Regal mit unzähligen Gläsern und Flaschen. Im Hintergrund lief Schlagermusik. »Wir sind die Studenten, wir hatten telefoniert.«

»Setzt euch. Wollt ihr was trinken?«, fragte die zierliche Frau mit der schwarz gefärbten Kurzhaarfrisur, während sie frisch polierte Gläser in das Regal hinter sich stellte. In der freien Hand hielt sie ein Geschirrtuch.

Florian und Saskia setzten sich auf die Barhocker vor dem Tresen. Für ein Gespräch war die Situation günstig, denn es war nur ein Tisch mit einem älteren Mann besetzt.

»Ein Bier«, sagte Florian.

»Wir nehmen zwei Mineralwasser«, korrigierte Saskia. Sie warteten, bis Frau Dankers die Gläser auf den Tresen gestellt hatte.

»Wir haben im Rahmen eines universitären Forschungs-projekts ein paar Fragen zu Nele. Ich hoffe, es macht Ihnen nichts aus, über sie zu sprechen«, begann Saskia.

Universitäres Forschungsprojekt klang besser als ein mög-licher Justizirrtum. Florian und Saskia wollten keine seelischen Wunden aufreißen, bevor sie sich sicher waren. Wenn Jan Virchow unschuldig war, lief Neles Mörder noch frei herum.

Nach der Akte war Susanne Dankers achtunddreißig Jahre alt. Doch tausende Nächte hinter dem Zapfhahn hatten Spuren in ihrem Gesicht hinterlassen und ließen sie älter wirken. Die dick aufgetragene Schminke konnte das nur notdürftig kaschieren.

»Wie war Neles Charakter?«, fragte Saskia.

»Schnütchen war ein Sonnenschein, mein Ein und Alles.«

In Susanne Dankers' Augen schimmerten Tränen. Sie nahm ein kleines Glas, füllte es mit Wodka und trank es in einem Zug aus.

»Ein fröhliches Mädchen, und für ihr Alter sehr selbst-ständig, obwohl sie noch mit Barbies spielte. Ich konnte mich wegen der Arbeit hier oft nicht um sie kümmern. Sie musste früh lernen, allein klarzukommen.«

»Wäre Nele zu Fremden ins Auto gestiegen?«, fragte Saskia.

»Ich weiß es nicht. Sie war nicht menschenscheu und ängstlich.«

»Warum der Kosename Schnütchen?«, wollte Florian wissen.

»Wenn ich ihr einen Wunsch verweigerte, hat sie gern mal eine Schnute gezogen. Das war so süß, dass ich fast jedes Mal weich geworden bin.«

In Susanne Dankers' Augen bildeten sich kleine Seen. Sie schenkte noch mal Wodka in das Glas und stürzte es hinunter.

»Wie haben Sie von Neles Verschwinden erfahren?«, fragte Saskia.

»Ihre Lehrerin hat mich an dem Morgen angerufen, weil sie nicht zum Unterricht erschienen ist. Sie wollte wissen, ob Nele krank sei. Ich bin dann ihren Schulweg abgelaufen. Als ich weder Nele noch irgendeine Spur von ihr entdecken konnte, habe ich sie im Polizeirevier Bramfeld als vermisst gemeldet.«

»Was hat die Polizei gemacht?«

»Eine riesige Suchaktion gestartet. In Steilshoop wimmelte es von Polizisten, die auf der Suche nach Nele jeden Stein umgedreht haben. Aber sie haben sie nicht finden können.«

»Kannten Sie den verurteilten Mörder Jan Virchow?«, fragte Florian.

»Nein, ich habe ihn zum ersten Mal in meinem Leben im Gerichtssaal gesehen. Weder Nele noch ich kannten ihn.«

»Hatten Sie vorher andere Personen in Verdacht?«

»Darüber habe ich mir damals auch den Kopf zerbrochen«, sagte Susanne Dankers schluchzend. Tränen rannen über ihre Wangen. »Ich war zu der Zeit mit Hakan zusammen, einem Türken. Er reagierte stark eifersüchtig, wenn ich mich um Nele kümmerte. Er konnte auch gewalttätig werden, und Nele schien ihm im Weg zu sein. Aber er war es nicht, sondern dieser Virchow.«

Der Mascara hatte zwei schwarz verlaufene Spuren auf ihr Gesicht gezeichnet.

»Was ich mir nie verzeihe, ist, dass Nele und ich im Streit auseinandergegangen sind. Wir hatten uns morgens gestritten, weil Hakan ihr das Spielen mit dem Handy verboten hatte. Mein letztes Bild von Nele ist, wie sie ohne Tschüss zu sagen die Tür hinter sich zuschlägt.«

Schluchzend vergrub Susanne Dankers ihr Gesicht in dem Geschirrtuch.

15

»Zur letzten Instanz« hieß die Kneipe, in die Professor Heckscher mit Florian und Saskia vor dem Baulärm im Institut geflüchtet war. Sie war 1882 gleichzeitig mit dem Strafjustizgebäude in dessen unmittelbarer Nähe eröffnet worden. Der lange Holztresen, die schweren Tische und Stühle schienen noch aus dieser Zeit zu stammen. Die Möbel waren wie die Wandvertäfelung dunkelbraun und abgewetzt. An den Wänden hingen Schwarz-Weiß-Fotos berühmter Angeklagter. Die Zapfhähne hatten die Form einer Justitia. Hier verbrachten vor allem Anwälte Verhandlungspausen, feierten Prozesssiege oder ertränkten Niederlagen. An diesem Vormittag waren nur zwei andere Tische besetzt.

Professor Heckscher bestellte sich einen doppelten Whisky, Florian und Saskia entschieden sich für Kaffee.

»Wie ist euer erster Eindruck von dem Fall Virchow?«, fragte er, nachdem eine Kellnerin, deren schwarze Jeans fast zu platzen schien, die Getränke gebracht hatte.

»Wir stochern im Nebel«, sagte Florian. »Wir haben Virchow besucht. Er fühlt sich in der Psychiatrie ganz wohl und will gar nicht gerettet werden.«

»Seltsam«, kommentierte Professor Heckscher.

Die Hoffnung auf einen schnell aufgeklärten Justizirrtum, den er Dekan Löwenberg als Erfolg präsentieren konnte, löste sich in Nebel auf.

Heckscher bemerkte, dass seine Hand, die das Whiskyglas hielt, zitterte.

Er stürzte den Whisky in einem Zug runter.

»Worauf beruht die Verurteilung von Virchow?«, fragte er.

»Die drei tragenden Säulen seiner Verurteilung sind sein Geständnis, ein Glaubwürdigkeitsgutachten und das Knochenfragment eines Kindes«, antwortete Saskia.

»Ein erster Schritt wird sein, das Geständnis von Virchow kritisch zu hinterfragen. Warum hat er gestanden? Unter welchen Umständen? Ist er unter Druck gesetzt worden?«

Saskia notierte sich den Punkt.

Heckscher winkte der Kellnerin und bestellte sich noch einen Whisky.

»Von wem ist das Glaubwürdigkeitsgutachten und was steht darin?«

»Von Professorin Gründel«, berichtete Saskia. »Es bescheinigt Virchow, in seinem Geständnis die Wahrheit gesagt zu haben. Der Detailreichtum seiner Aussage wird hervorgehoben. Er habe zudem keinen Grund gehabt, möglicherweise ein falsches Geständnis abzulegen.«

Professor Heckscher überlegte einen Augenblick.

»Die Gründel ist eine Koryphäe auf dem Gebiet der Aussagepsychologie. Allerdings beruhen die Glaubwürdigkeitsgutachten eher auf gefühltem Wissen als auf exakter Wissenschaft.«

Mit dem zweiten Glas Whisky ließ er sich mehr Zeit. Er spürte die Wirkung des Alkohols und entspannte sich.

»Erinnert euch an den Kachelmann-Prozess, in dem es fünf Sachverständige gab, die die Glaubhaftigkeit der

Aussage der Anzeigeerstatterin prüfen sollten. Alle denkbaren Antworten waren dabei, von »Die Zeugin sagt die Wahrheit«, über »Wir wissen nicht, ob sie die Wahrheit sagt«, bis hin zu »Sie lügt«. Würden wir bei Virchow weitere Gutachten einholen, könnten die auch zu ganz unterschiedlichen Ergebnissen kommen.«

»Ich hätte nicht gedacht, dass Glaubwürdigkeitsgutachten eine so unsichere Sache sind«, sagte Florian.

»Was ist mit dem Knochenfragment?«, fragte Heckscher.

»Es handelt sich um einen verbrannten Knochensplitter, der auf der von Virchow angegebenen Lichtung gefunden worden ist. Mit großer Wahrscheinlichkeit ist es das Knochenstück eines Kindes.«

»Das wäre der einzige Sachbeweis in diesem Fall. Dem müsst ihr nachgehen. Ist es wirklich das Knochenstück eines Kindes? Gibt es DNA daran? Kann der Knochen Nele zugeordnet werden?«

Saskia notierte sich auch diesen Ermittlungsschritt.

Professor Heckscher wollte sich einen dritten Whisky bestellen, als die Kellnerin vorbeiging. Er ließ es aber, weil er befürchtete, seine Studenten könnten ihn für einen Alkoholiker halten.

»Wenn es kein Knochen von Nele ist, haben wir auch nicht die Spur einer Leiche«, stellte Florian fest.

»Deshalb ist dieser Punkt von entscheidender Bedeutung«, stimmte Professor Heckscher ihm zu. »Gab es vor Virchows Geständnis andere Verdächtige?«

»Nur den Lebensgefährten von Neles Mutter«, sagte Saskia. »Dieser Verdacht wurde fallen gelassen, nachdem Virchow gestanden hatte.«

»Überhaupt wurden die Ermittlungen mit Virchows Geständnis beendet. Die Kripo hat keine anderen Verdächtigen überprüft und ist auch keinen Spuren mehr nachgegangen.« In Florians Stimme schwang ein Vorwurf mit.

»Das ist im Grunde nicht schlecht. Es bedeutet, dass der Fall nicht abgeschlossen ist und wir die losen Fäden wieder aufnehmen können«, kommentierte Professor Heckscher.

16

Der Grabstein hatte eine geschwungene Herzform und war aus weißem Marmor. Auf ihm stand in schwarzer Schrift »Nele«, darunter ihr Geburtsdatum 21.06.2008 und ihr mutmaßliches Todesdatum 15.11.2017. »Du wurdest mitten aus dem Leben gerissen«, schloss die Grabinschrift. Am Fuß des Steins lagen ein Teddybär, eine Barbiepuppe und ein Federmäppchen. Das Grab war mit frischen Blumen geschmückt.

Florian und Saskia standen davor – in Ohlsdorf, auf dem größten Parkfriedhof der Welt. Die Grabstellen waren in eine weitläufige Landschaft eingebettet. An einem Baumstamm kletterte ein rotbraunes Eichhörnchen. Der aufkommende Wind ließ das gelbrote Laub auf dem Weg rascheln. Dazwischen war das Fallen von Kastanien zu hören. Entfernt ertönten Kirchenglocken. Es roch nach nasser Erde und Tannen.

»Gibt es etwas Furchtbareres als ein Kindergrab?«, fragte Florian leise. Er fühlte eine kalte Faust um sein Herz.

»Nein, auch wenn dieses hier leer ist«, sagte Saskia. Unter der liebevoll gepflegten Grabfläche gab es keinen Sarg und keine Leiche.

»Wahrscheinlich hilft es Neles Mutter, den Verlust ihres Kindes zu verarbeiten.«

»Frau Dankers muss regelmäßig herkommen, um es zu pflegen. Sieh nur die frischen Blumen.«

Florians Blick wurde glasig.

»Wie geht es dir? Du siehst so blass aus«, fragte Saskia besorgt.

»Nicht so gut. Ich frage mich, warum Nele nur wenige Jahre zu leben hatte.«

»Und die Beerdigung deines Vaters ist auch noch kein Jahr her.«

Florian sah nach schräg links. Hinter der nächsten Baumreihe verborgen lag das Grab seines Vaters. Sein Tod im letzten Jahr war der schmerzlichste Moment seines Lebens gewesen. Er war bis zu diesem Tag nie wieder hergekommen, es hätte ihm das Herz zerrissen.

Florian wandte den Blick ab und sah nach rechts. Hinter den Bäumen ragten die Hochhäuser von Steilshoop auf.

Saskia folgte seinem Blick.

»Dahinten hat Nele ihre Kindheit verlebt und ist auf dem Schulweg jeden Tag am Friedhof vorbeigegangen«, bemerkte Saskia.

»Und dabei ist sie ihrem Mörder begegnet.«

17

»Jan, du wurdest wegen einer drogeninduzierten Psychose hier eingewiesen?«, fragte Florian. Er war mit Saskia ein zweites Mal zu Jan Virchow in die Psychiatrie gekommen, um ihn zu vernehmen. Wieder saßen sie in dem kleinen Besucherraum zusammen. Ihr Mandant wirkte heute wacher als beim letzten Besuch.

»Eigentlich bin ich zur Erholung vom Examensstress hier«, antwortete Jan.

»Kann es vielleicht sein, dass du Drogen genommen hast, um mit dem Examensstress fertig zu werden?«

»Ja, so war das«, bekannte Jan freimütig.

Im Computerspiel *Max Payne* hatten die Leute die leistungssteigernde Droge »Valkyr« genommen und wurden wahnsinnig. Ihr Mandant musste etwas Ähnliches eingeworfen haben.

»Was für Drogen?«, fragte Saskia.

»Crystal.«

Das war der Szenename für Methylamphetamin, das Müdigkeit, Hungergefühl und Schmerz unterdrückt. Es verleiht kurzzeitig Selbstvertrauen und ein Gefühl der Stärke. Das eigene Leben beschleunigt sich. Allerdings führt Crystal schnell zu einer schweren psychischen Abhängigkeit und hat Nebenwirkungen wie Persönlichkeitsveränderungen, Psychosen, Paranoia und körperlichen Zerfall.

»Wie bist du auf Crystal gekommen?«, wollte Florian wissen.

»Ich habe zusammen mit zwei Kommilitonen für eine Klausur am nächsten Morgen gelernt. Es war schon spät, und wir waren müde, hatten aber noch einen großen Berg Lernstoff vor uns.«

»Das kann ich gut verstehen. Uns ist es auch schon mal so ergangen«, sagte Saskia.

»Plötzlich lag Crystal auf dem Tisch. Der Typ versprach, ich könnte damit die ganze Nacht durchlernen. So war es dann auch. Wenige Minuten nach der Einnahme war ich hellwach und vollkommen klar im Kopf. Ich habe die Nacht durchgemacht und am nächsten Tag eine hervorragende Klausur geschrieben.«

Florian konnte verstehen, dass für Jan unter dem Klausurendruck ein Turbo für das Lernen verlockend erschien.

»Ich war auf einmal so leistungsfähig wie nie«, sagte Jan. »Es fiel mir leicht zu lernen, ich bekam Spitzennoten. Erst hab ich Crystal nur vor Prüfungen genommen, dann regelmäßig. Die Examensvorbereitung lief geschmeidig, und ich hab auch das Erste Staatsexamen mit Bravour bestanden. Mit dem Zeug fiel es leicht, alles durchzustehen.«

So ein Mittel brauch ich eigentlich auch, dachte Florian bekümmert. Bei seinen Wissenslücken hätte er Tag und Nacht lernen müssen. Aber eine Droge kam nicht infrage. Der Preis für den schnellen Erfolg wäre zu hoch. Dem rasanten Aufstieg würde ein noch tieferer Fall folgen.

»Das ist nachvollziehbar. Nur, warum hast du nach dem Examen nicht aufgehört, es zu nehmen?«, fragte Saskia.

»Anfangs habe ich nur kleine Dosen Crystal genommen, aber dann hab ich sie mit der Zeit immer weiter gesteigert. Als ich nach dem Examen damit aufhören wollte, konnte ich nicht mehr. Ich war schwer abhängig.«

»Was war der konkrete Anlass für die Einweisung hier?«, fragte Saskia.

»Eine dumme Geschichte.« Jan seufzte. »Ich weiß nicht, ob ich sie erzählen soll.«

»Du kannst uns vertrauen«, ermunterte Saskia ihn.

»Okay. Ich fühlte mich ständig verfolgt. An einem Sonntagvormittag bin ich völlig aufgedreht in den Gottesdienst einer Kirche geplatzt. ›Bitte helfen Sie mir, ich werde verfolgt!‹, hab ich geschrien. Ich hab mich an den Pfarrer geklammert. Ich hab dann was von einem Sondereinsatzkommando draußen vor der Tür und tief fliegenden Polizeihubschraubern gefaselt. Daraufhin wurde ich hierher verfrachtet.«

»Wie ging es dann weiter?«, fragte Florian.

»Ich war auf Entzug und bekam Medikamente. Nach drei Wochen begann ich eine Gesprächstherapie. Ich hatte gehofft, die Therapeuten würden mir helfen, wieder ganz der Alte zu werden. Aber ich stand nicht gerade im Mittelpunkt ihrer Aufmerksamkeit. Als Drogenabhängiger war ich kein interessanter Fall. Sie reduzierten meine Medikation und bereiteten meine Entlassung vor.«

»Du wolltest länger in der Psychiatrie bleiben?«, fragte Florian erstaunt.

»Ja, hier war ich sicher und ich bekam meine Medikamente.«

Nach weiteren Sondereinsatzkommandos und Polizeihubschraubern frage ich jetzt besser nicht, dachte Florian.

»Was waren das für Medikamente?«

»Benzos.«

»Was ist das?«

»Benzodiazepine. Tranquilizer wie Valium. Ich bin auf sie angewiesen.«

Florian wechselte einen besorgten Blick mit Saskia.

»Kann es sein, dass du von den Benzos abhängig geworden bist?«

Jan überlegte einen Augenblick.

»Nein, ich brauch sie nur, um wieder gesund zu werden.«

»In den Akten haben wir gelesen, dass du im Rahmen der Gesprächstherapie hier den Mord an Nele gestanden hast. Das Geständnis hast du bei der Kripo und schließlich vor Gericht wiederholt. War das so?«, fragte Saskia.

Jan überlegte einen Augenblick.

»Ja, das war so.«

»Hältst du an dem Geständnis fest?« Saskia stellte die entscheidende Frage.

Jan Virchows Blick ging zwischen Florian und Saskia hin und her. Dann sagte er bedächtig: »Ja, das tue ich.«

Florian fuhr sich mit der Hand durch sein Haar. Saskia sah Jan an, als hätte sie sich verhört.

Verwirrt verließen sie die Psychiatrie.

18

In einer ruhigen Seitenstraße in Wandsbek stieg Falk Heckscher aus seinem Volvo. Auf der anderen Seite lag sein ehemaliges Haus. Zwölf Jahre hatte er hier gewohnt. Wie groß die Buche geworden war, die er damals eigenhändig gepflanzt hatte. Nach der Scheidung hatte seine Ex-Frau das Einfamilienhaus behalten, er die Segeljacht, die er provisorisch zum Hausboot umfunktioniert hatte. Für seine zehnjährige Tochter Clarissa hatte er ein Besuchsrecht für jedes zweite Wochenende. Er war froh, es vom Gericht wieder eingeräumt bekommen zu haben, nachdem es ein paar Monate ausgesetzt worden war.

Er sprühte sich einen kräftigen Stoß Menthol-Atemspray in den Rachen. Dann ging er rüber und klingelte.

Charlotte Horn-Heckscher trug einen schwarz gefärbten Pagenschnitt, vorne einen langen Pony und die Haare im Nacken wie mit dem Fallbeil eingekürzt. Die Fallbeil-Frisur war durchaus eine Kampfansage. Aus der sanftmütigen, langhaarigen Studentin war im Laufe von fünfzehn Ehejahren eine bissige Zicke geworden. So bewertete jedenfalls Heckscher ihre Veränderung, nach ihrer Version hatte sie sich von seinem Joch befreit und endlich zu sich selbst gefunden.

Charlotte Horn-Heckscher sah auf ihre Armbanduhr, tippte darauf und sagte mit vorwurfsvollem Unterton: »Du bist zu spät. Wieder mal.«

Er hatte seine Tochter vor einer Stunde abholen sollen.

»Ich hatte viel zu tun«, entschuldigte sich Falk Heckscher.

»Das ist lächerlich. Ich habe von deinem neuen Posten als Direktor dieses obskuren Instituts gelesen. Früher musstest du vier Vorlesungen in der Woche geben, heute hast du nur noch ein einziges Seminar.«

»Das Seminar ist nicht alles, ich widme viel Zeit der Aufklärung von Justizirrtümern.«

In Wahrheit verbrachte er nicht mehr als zwei Stunden am Tag damit.

Charlotte Horn-Heckscher beugte sich zu ihm und schnüffelte.

»Du hast getrunken.«

Wie konnte sie das trotz des Atemsprays riechen?

»Nur einen Schluck«, sagte Falk Heckscher. Begegnungen mit seiner Ex-Frau waren stets konfliktträchtig, und so hatte er sich etwas Mut angetrunken.

»Du hast versprochen, damit aufzuhören und Clarissa ein guter Vater zu sein.«

»Das will ich auch weiterhin. Rückschläge sind der Abschied vom falschen Weg.«

»Falk, deine hohlen Sprüche kotzen mich an.«

Sie durchbohrte ihn mit einem giftigen Blick.

Heckscher unterdrückte seine aufsteigende Wut. Er musste sich beherrschen, sich nicht auf ein verbales Gefecht mit seiner Ex-Frau einzulassen.

»Ich finde es verantwortungslos, sich betrunken hinters Steuer zu setzen. Du glaubst doch nicht im Ernst, dass ich dir Clarissa in deinem Zustand mitgebe?«

Nein, das glaubten er und sein Freund Jack Daniels wirklich nicht.

19

Jan wirkte leicht benommen, als er von einem Pfleger in den Besucherraum geführt wurde. Es schien einer seiner schlechten Tage zu sein.

»Bei unserem letzten Gespräch hast du uns erzählt, dass du länger in der Psychiatrie bleiben wolltest«, sagte Florian.

Jan nickte bedächtig.

»Und wie hast du es geschafft?«

»Die Psychotherapeutin hatte mich ständig nach traumatischen Kindheitserlebnissen gefragt«, begann er mit schleppender Stimme. »Sie war enttäuscht, als ich ihr nicht gleich welche nennen konnte. Um ihr Interesse zu wecken, habe ich ihr vorgeschwindelt, ich sei als Kind sexuell missbraucht worden.«

»Wie war ihre Reaktion darauf?«, fragte Saskia.

Jans Gesicht verzog sich zu einem schiefen Grinsen. »Damit hatte ich ihre volle Aufmerksamkeit, durfte bleiben und bekam auch wieder mehr Benzos.«

»Und das hat dir gefallen?«

»Klar.«

»Hat die Therapeutin das Missbrauchsthema weiterverfolgt?«

»In einer der nächsten Sitzungen suggerierte sie mir, ich könnte aufgrund des Missbrauchs ein gestörtes Sexleben haben.

Beschwingt durch die Benzos tat ich ihr den Gefallen und sagte, ich würde auf kleine Mädchen stehen.«

»Das tust du aber nicht?«, fragte Saskia.

»Nein, ich hatte immer gleichaltrige Freundinnen.«

»Wie ging es dann weiter?«

»Die Psychotante meinte, dass man durch eine Störung der Sexualpräferenz auch leicht selbst zum Täter werden kann. Sie wollte hören, dass ich mich an kleinen Mädchen vergriffen habe.«

Florian und Saskia tauschten einen besorgten Blick.

»Den Gefallen hast du ihr aber nicht getan?«, fragte Florian.

»Doch, ich habe die Entführung und Ermordung von Nele gestanden.«

Florian und Saskia sahen sich entsetzt an.

»Das war alles nur erfunden?«, fragte Florian.

20

Saskia saß mit ihren Eltern im Esszimmer. Das gemeinsame Mittagessen jeden Sonntag war bei ihnen eine heilige
Tradition. Für diesen Zweck verließ ihr Vater sogar das häus-
liche Arbeitszimmer. Dort brütete er auch am Wochenende
über dicken Akten. Helmut Cornelius trug einen Anzug. Das
Weglassen der Krawatte war sein einziges Zugeständnis an
den Sonntag. Eins blieb aber immer gleich: sein mürrischer
Gesichtsausdruck.

Saskia saß aufrecht am Tisch mit einer zum Rechteck gefal-
teten Stoffserviette auf dem Schoß. Ihre Mutter hatte Labskaus
gekocht, ein Kartoffelgericht mit gepökeltem Rindfleisch,
Roter Bete und Matjes. Die drei aßen schweigend. Der
Hausherr schätzte keine Gespräche beim Essen, da dies der
Nahrungsaufnahme und nicht der Konversation diente.

»Was macht die Examensvorbereitung?«, fragte er, nachdem
er Messer und Gabel parallel nebeneinander abgelegt hatte.

Saskia wischte sich mit der Serviette den Mund ab, faltete
sie und legte sie links neben ihren Teller. »Läuft gut«, sagte sie.
Seitdem ihr Vater den Wiederholungs- und Vertiefungskurs
übernommen hatte, musste sie ihm nicht nur jeden Sonntag
Rechenschaft ablegen, er hatte sie auch wochentags an der
Uni unter Kontrolle. Schönen Dank, Hecki, dass Sie wieder

an der Flasche hängen und den Kurs geschmissen haben. Ihre Mutter, eine unscheinbare Endfünfzigerin mit grau gewellter Kurzhaarfrisur, klein und pummelig, hatte ihre Mahlzeit auch beendet und räumte die Teller ab. Dabei blinzelte sie unablässig.

»Im Strafrecht entsprechen deine Kenntnisse durchaus den Anforderungen«, sagte Cornelius.

Tatsächlich war Saskia eine der besten Studentinnen, wie Notenvergleiche mit ihren Kommilitonen bewiesen. Es war aber zwecklos, ihren Vater darauf hinzuweisen, dass sie über mehr als nur durchschnittliche Kenntnisse verfügte. Sie wusste längst, dass sie von ihm nie die Anerkennung bekommen würde, die sie sich wünschte. Trotzdem tat sie immer noch alles, um ihn zu beeindrucken.

Ihr Elternhaus war ein imposanter Bungalow in Volksdorf, mit weiß verputzten Mauern, Holzsprossenfenstern und schwarzem Schieferdach. Innen wirkte es wegen der weißen Wände und der hellgrauen Bodenfliesen steril. Kühlhaus hatte es ihr erster Freund genannt – auch wegen der von ihm so empfundenen steifen und frostigen Atmosphäre. Damals, als Siebzehnjährige, hatte sie ihm die Bemerkung übel genommen. Heute hätte sie ihm beinahe zugestimmt.

Saskias Mutter kam mit einem Tablett mit Kaffeetassen aus der Küche zurück.

»Möchtest du mir sonst noch etwas sagen?«, fragte ihr Vater. Kurze Fragen, gepaart mit langem, vorwurfsvollem Anstarren, waren auch zu Hause seine liebste Vernehmungstechnik. Als Vorsitzender einer Schwurgerichtskammer hatte er damit früher viele Schwerverbrecher zum Geständnis gebracht. Nur wenige hatten seinem anklagenden Blick und dem eisigen Schweigen lange standhalten können.

»Nein, Vater.«

»Läuft da was mit diesem Hansen?«, fragte Helmut Cornelius.

»Nein, wir sind nur AG-Partner«, log Saskia. Sie befürchtete, ihr Vater würde jemanden wie Florian nicht als ihren Freund akzeptieren.

»Nur jemand, der besser ist als du selbst, kann dich weiterbringen. Kannst du dir keine AG-Partner auf deinem Leistungsniveau suchen?«

»Wenn du das möchtest.«

Nach dem Kaffeetrinken verabschiedete sich ihr Vater in sein häusliches Arbeitszimmer. Als sie ihm nachsah, wurde ihr wieder klar, dass er ein zurückgezogenes, trauriges Leben führte. Seine Zeit ausschließlich der Juristerei zu widmen, hatte ihn zu keinem glücklichen Menschen gemacht. So wie ihr Vater wollte sie nicht werden. Deshalb hatte sie sich vor ein paar Monaten vorgenommen, außer Lernen auch noch anderes zu tun. Sie wollte alte Schulfreundinnen treffen, täglich joggen und vielleicht sogar den Segelflugschein machen. Leider war es bei den guten Vorsätzen geblieben.

Ihr Leben war nach wie vor fest im Würgegriff der Juristerei.

21

»Ja, ich habe Nele nicht entführt und ermordet«, sagte Jan. Er sah Florian und Saskia forschend an, als wollte er herausfinden, ob sie ihm glaubten oder nicht.

Florian wusste nicht, was er sagen sollte, als das Blut aus seinem Gesicht wich. Ein Blick zu Saskia zeigte ihm, dass es ihr genauso ging. Sie starrte Jan einfach nur an.

»Wie bitte? Du hast ein falsches Geständnis abgelegt, nur um von der Therapeutin beachtet zu werden und Psychopharmaka zu bekommen?« Florian war aufgebracht.

»So ist es gewesen.«

»Auf dem Video von der Tatortbegehung habe ich gesehen, dass es dir schlecht ging. Ihr musstet auf einem Parkplatz eine Pause machen und du hast Medikamente bekommen«, sagte Florian.

»Ich brauche konstant Benzos in hohen Dosierungen, sonst geht es mir schlecht.«

»Du bekommst weiter Benzos?«

»Ich bekomme hier alle Medikamente, die ich will.«

Florian erinnerte sich an einen Dialog aus »Wag the Dog – Wenn der Schwanz mit dem Hund wedelt«: »Er ist harmlos, solange er seine Medikamente kriegt.« – »Und wenn er seine Medikamente nicht kriegt?« – »Ist er nicht harmlos!«

»Aber wie konntest du eine Tat gestehen, die du nicht begangen hast. Du hast sie bei den Vernehmungen doch detailliert geschildert. Dabei warst du hier in der geschlossenen Psychiatrie abgeschnitten von der Außenwelt«, wandte Saskia ein.

»Ganz einfach, wir haben hier eine Bibliothek mit Tageszeitungen und Internet-Anschluss. Nachdem die Therapeutin meinte, ich sei sexuell gestört, und mir suggerierte, ich habe wahrscheinlich Sextaten begangen, habe ich in der Zeitung nach einem passenden Fall gesucht. Da bin ich auf die Entführung von ... dieser Nele gestoßen. Sie passte zu der Vorstellung der Therapeutin, nach der ich mich an kleinen Mädchen vergreifen würde. Die Lücken habe ich mit meiner Fantasie ausgefüllt, wobei mir auch die Benzos geholfen haben.«

»Okay, aber warum hast das Geständnis gegenüber der Kripo und dem Gericht aufrechterhalten?«, fragte Saskia.

»Da waren auf einmal so viele Menschen, die sich für mich interessierten. Im Gerichtssaal stand ich im Mittelpunkt. Das fand ich schön.«

Jan lächelte und verschränkte zufrieden die Hände hinter dem Kopf.

»Du hast dir diese Aufmerksamkeit aber mit einer lebenslangen Freiheitsstrafe erkauft«, wandte Saskia ein.

Jans Lächeln erstarb.

»Hm.«

»Haben die Kripo, der Staatsanwalt und dein Verteidiger gewusst, dass du unter Medikamenteneinfluss stehst?«

»Das dürfte kaum zu übersehen gewesen sein.«

Florian erinnerte sich an das Video von der Tatortbegehung, in dem es Jan erst schlecht und nach der Medikamenteneinnahme wieder besser gegangen war.

»Hat dein Verteidiger die Medikation im Prozess thematisiert?«, fragte Saskia.

»Nein, und das sollte er auch nicht.«

»Warum nicht?«

Wieder lächelte Jan. Diesmal wirkte es entschuldigend.

»Ich wollte nicht, dass sie die Benzos absetzen.«

22

»Wir haben Neuigkeiten von Jan Virchow«, verkündete Saskia beim Eintreten in das Büro.

Professor Heckscher saß am Schreibtisch und zog die Augenbrauen hoch.

»Das wird Sie vom Stuhl hauen«, sagte Florian aufgeregt.

»Setzt euch und schießt los.«

Florian und Saskia saßen gerade, da stürmte Franziska Horstkotte herein.

»Herr Professor, schauen Sie das an. So kann das hier nicht weitergehen.«

Sekretärin Horstkotte zeigte auf einen weißen Fleck am Saum ihres langen schwarzen Rocks.

»Durch den Baustaub im Treppenhaus ruiniere ich mir jedes Mal meine Kleidung.«

Franziska Horstkotte verströmte den muffig morbiden Duft eines Patschuli-Parfüms.

»Zornröschen, was soll ich denn dagegen tun, hm?«, fragte Professor Heckscher. Er klang genervt.

»Sich bei der Verwaltung beschweren oder besser noch, kommandieren Sie Ihre beiden Studenten zum Putzen ab.«

Florian wollte gerade protestieren, da brachte ihn Professor Heckscher mit einer Handbewegung zum Schweigen.

»Ich werde bei der Verwaltung anrufen. Könnten Sie vielleicht – solange das Treppenhaus so aussieht – auf das Tragen bodenlanger Röcke verzichten?«

»Auf gar keinen Fall. Meine Kleidung ist Ausdruck meiner Individualität.«

Franziska Horstkotte rauschte aus dem Büro.

»Nach Verwesung riechen, sich aber über Staubflecke aufregen.« Der Professor schüttelte den Kopf.

»Sie mögen sie nicht?«, fragte Saskia.

»Nein, aber Vampirella ist ein ausgezeichneter Abfangjäger. Sie vergrault die Leute zuverlässig am Empfang, was mir Ruhe verschafft. Also was liegt an?«

»Jan Virchow hat ein falsches Geständnis abgelegt, um von der Therapeutin beachtet zu werden und Psychopharmaka zu bekommen«, sagte Saskia.

»Ein Geständniswiderruf?«

Heckscher ließ sich in seinen Schreibtischsessel zurücksinken und strich sich mit Daumen und Zeigefinger übers Kinn.

»Ja, er ist nicht Neles Mörder. Er hat von ihrer Entführung in Tageszeitungen und dem Internet gelesen. Für sein Geständnis wurde er mit Aufmerksamkeit und Benzos belohnt«, sagte Florian.

»Das ist die Wende des Falls«, sagte Professor Heckscher. Einen Moment wirkte er erfreut. Dann wurde er wieder nachdenklich.

»Und er glaubt wirklich, durch die Benzodiazepine gesund zu werden?«

»Ja, wobei das Unsinn ist. Es sind Beruhigungsmittel, die seine inneren Dämonen nur mit einer watteweichen Decke verhüllen, aber nicht verschwinden lassen«, berichtete Florian.

»Das Problem ist, dass Jan Virchow mindestens einmal bewusst die Unwahrheit gesagt hat. Entweder hat er ein falsches

Geständnis abgelegt, oder der Widerruf beruht auf einer unwahren Geschichte«, dozierte Professor Heckscher.

»Was Jan erzählt, klingt nicht sehr glaubwürdig«, stimmte Saskia ihm zu. »Es würde bedeuten, dass wir zwei Skandale haben. Eine Falschbehandlung und einen Justizirrtum.«

»Wobei der Justizirrtum die logische Konsequenz der Falschbehandlung sein kann«, sagte Florian.

»Das ist kein zwingender Schluss«, wandte Saskia ein.

»Mag sein. Aber Jan sitzt höchstwahrscheinlich unschuldig in der Psychiatrie, und wir müssen ihn da rausholen.«

»Ruhig, Brauner, tauchten die Psychopharmaka irgendwo in den Akten auf?«

»Nein«, antwortete Saskia.

»Dann müsst ihr euch erst mal die Patientenakten besorgen und prüfen, ob Virchows Angaben zu seiner Medikamentierung mit Psychopharmaka in hohen Dosen stimmen«, sagte Professor Heckscher.

»Ist so gut wie erledigt«, sagte Florian.

»Wenn Virchow die Wahrheit sagt, stellt sich die spannende Frage, warum niemand seine Verhandlungsfähigkeit geprüft hat. Zumindest sein Verteidiger hätte sie anzweifeln müssen.«

Er wollte gerade noch etwas sagen, da kreischte zwei Stockwerke über ihnen eine Mauerfräse los. Heckscher sah genervt zur Decke und wartete ab, bis der infernalische Lärm erstarb.

»Dann solltet ihr die Vernehmungsprotokolle von Virchow durchlesen und überlegen, ob er irgendetwas gesagt hat, was die Polizei nicht schon wusste.«

Von oben erklang ein lautes Hämmern. Professor Heckscher wartete es ab.

»Morgen werde ich im Seminar das Thema ›Falsche Geständnisse‹ behandeln. Da solltet ihr auch kommen.«

23

Die Tür des Seminarraums flog auf.

»Moin Kinners«, sagte Heckscher, während er mit wenigen Schritten zu seinem Tisch schritt. Der Seminarraum im Flügelbau des Hauptgebäudes hatte einen hellen Holzfußboden, weiße Wände, ebenfalls weiße Resopaltische mit schwarzen Holzstühlen. Heckscher knallte seine schwarze Aktentasche auf den Tisch. Die Studenten sahen gebannt nach vorn. Der Professor trug ein weißes Hemd, Jeans und Cowboystiefel.

Florian und Saskia hatten sich ganz hinten hingesetzt. Sie hatten das Seminar über »Das Fehlurteil im Strafprozess« bereits im vorletzten Semester besucht und waren diesmal nur Gäste.

»Heute geht es um die Königin unter den Beweismitteln. Weiß jemand, welche das ist?«

»Das Geständnis«, sagte eine Studentin in der ersten Reihe. Durch ihre langen schwarzen Haare, den dunklen Teint und die tiefbraunen Augen wirkte sie wie eine Südamerikanerin.

»So hieß auch ein Gerichts-Thriller mit Ben Kingsley und Alec Baldwin«, flüsterte Florian Saskia zu.

»Richtig, Pocahontas. Gibt es auch falsche Geständnisse?«, fragte Professor Heckscher.

Niemand meldete sich.

»Was sagt Balu der Bär dazu? Oder probieren Sie es lieber mit Gemütlichkeit?«, sprach Professor Heckscher einen übergewichtigen Studenten mit hellbraunen Haaren und Vollbart an.

»Glaub ich kaum. Denn warum sollte jemand eine Tat gestehen, die er nicht begangen hat?«

»Das ist eine häufige Fehleinschätzung juristischer Laien«, kanzelte Professor Heckscher Balu ab. »Für Deutschland gibt es keine Statistiken über das Vorkommen falscher Geständnisse. Werfen wir deshalb einen Blick auf das Innocence Project in Amerika: Etwa achtundzwanzig Prozent derjenigen Angeklagten, die rechtskräftig verurteilt und später aufgrund einer DNA-Analyse als Täter ausgeschlossen werden konnten, hatten Geständnisse abgelegt.«

»Ich hätte nicht gedacht, dass mehr als ein Viertel aller Geständnisse falsch ist«, flüsterte Florian Saskia zu.

»Kennt jemand falsche Geständnisse aus Deutschland?«, fragte der Professor.

Da sich von den Studenten niemand meldete, sagte Florian:

»Da war der Fall Günther Kaufmann. Der Schauspieler gestand den Mord an seinem Steuerberater. Seine Frau hatte den Steuerberater um achthundertdreißigtausend Mark betrogen, indem sie ihm eine Gewinnbeteiligung aus einem erfundenen Schadensersatzprozess gegen einen Immobilieninvestor versprochen hatte. Der Steuerberater wurde misstrauisch, und der Betrug drohte aufzufliegen. Deshalb musste er sterben. Kaufmann wurde zu fünfzehn Jahren Haft verurteilt. Tatsächlich war aber nicht Kaufmann der Mörder, sondern der Geliebte seiner Frau, der verräterische Dokumente über den Kreditbetrug beseitigen wollte.«

»Kaum zu glauben. Du hast tatsächlich etwas in meinem Seminar gelernt. Kennt jemand einen weiteren Fall?«

Saskia meldete sich und wartete artig, bis ihr der Professor durch Nicken das Wort erteilte.

»Der Fall des Bauern Rudolf Rupp. Er ist nach einem Kneipenbesuch spurlos verschwunden. Unter dem Druck der Polizei gestand der Schwiegersohn in spe, den Bauern zerstückelt und an die Hunde verfüttert zu haben. Auch die Ehefrau und die Töchter legten Geständnisse ab. Alle wurden zu langjährigen Freiheitsstrafen verurteilt. Acht Jahre nach seinem Verschwinden wurde der Mercedes von Rudolf Rupp aus der Donau geborgen. Er saß unversehrt am Steuer. Offenbar nur ein Unfall unter Alkoholeinfluss. Auf dem Heimweg in einer Kurve von der Straße abgekommen und in der Donau ertrunken.«

»Gut, Saskia. Was mögen die Hauptgründe für falsche Geständnisse sein?«

»Die Beschuldigten wurden von der Polizei unter Druck gesetzt«, antwortete Pocahontas.

»Richtig. Das ist im Fall Rudi Rupp so geschehen.«

»Der Geständige will den eigentlichen Täter schützen, wie im Fall Kaufmann«, sagte Balu.

»Weitere Motive?«

»Der Geständige könnte psychisch krank sein, zum Beispiel schizophren«, sagte Saskia.

»Ein Angeklagter könnte ein Falschgeständnis ablegen, weil ihm ein mildes Urteil versprochen wurde, ihm aber keine Hoffnung auf einen Freispruch gemacht wurde«, sagte Florian.

»Gut. Sie sehen, Geständnisse sind viel häufiger falsch als weithin angenommen. Nach meiner Einschätzung liegt die Quote falscher Geständnisse im zweistelligen Prozentbereich. Welche Folgen haben falsche Geständnisse?«

»Ein Unschuldiger wird verurteilt«, sagte Pocahontas.

»Und ein Schuldiger läuft weiter frei draußen herum«, ergänzte Florian.

»Wie können Fehlurteile aufgrund von Falschgeständnissen verhindert werden?«, fragte Professor Heckscher.

»Das Gericht muss auch Geständnisse überprüfen«, sagte Saskia.

»Ja, das ist ständige BGH-Rechtsprechung. Und was passiert in Wirklichkeit, sobald ein Angeklagter die ihm vorgeworfene Tat gestanden hat?«

»Der Angeklagte wird ohne weitere Beweisaufnahme verurteilt«, sagte Florian.

24

Chefarzt Dr. Bartholdy empfing Florian und Saskia mit mürrischer Miene, der man ansah, dass er das unwillig eingeräumte Gespräch so schnell wie möglich wieder beenden wollte. Mit seiner Glatze, der großformatigen Brille und seinem Schnauzbart sah er wie Walter White in »Breaking Bad« aus. Unter seinem weißen Kittel lugten ein sauber gebügeltes Hemd und eine Krawatte hervor. Sein Schreibtisch war bis auf eine Schreibunterlage, einen Computer und einen Kugelschreiber leer. Statt einer Begrüßung deutete er nur stumm auf die Besucherstühle. Florian und Saskia setzten sich.

»Wir möchten gern die Patientenakte von dem verrückten Jungjuristen einsehen«, sagte Florian.

»Das Wort ›verrückt‹ verwenden wir für gewöhnlich nicht«, sagte Dr. Bartholdy.

Ah, der Arzt kennt den Film »12 Monkeys«, dachte Florian.

»Aber ihr habt ein paar richtig Bekloppte hier!«

»Solche unsachlichen Äußerungen verbitte ich mir.«

Vielleicht kennt Dr. Bartholdy den Film doch nicht.

»Es geht um Ihren Patienten Jan Virchow«, warf Saskia ein.

»Eine Akteneinsicht ist aus Datenschutzgründen nicht möglich. Das verstehen Sie als angehende Juristen sicher«, sagte Dr. Bartholdy, wobei er sich kaum Mühe gab, seine Missbilligung zu verbergen.

»Der Patient hat nach Paragraf 630g BGB ein Recht auf Einsichtnahme in seine Patientenakte. Wir vertreten Herrn Virchow in dieser Sache«, sagte Saskia und legte die von Jan bei ihrem letzten Besuch unterschriebene Vollmacht auf den Schreibtisch.

Dr. Bartholdy nahm sie und studierte sie aufmerksam. Schließlich sagte er: »Richtig ist, dass der Patient im Rahmen des Behandlungsvertrages ein Einsichtsrecht hat. Nur besteht zwischen der Klinik und Herrn Virchow kein solcher Behandlungsvertrag, denn er befindet sich hier aufgrund eines Gerichtsurteils.«

Für eine Millisekunde sah es so aus, als wollte Dr. Bartholdy seinen Sieg mit einem herablassenden Lächeln feiern. Doch er unterdrückte es.

»Dann sind die Vorschriften über den Behandlungsvertrag analog anzuwenden, um eine Regelungslücke zu schließen«, konterte Saskia.

Dr. Bartholdy sah Saskia leicht verunsichert an, fing sich aber gleich wieder.

»Der Einsichtnahme in die Patientenakte stehen therapeutische Gründe entgegen.«

»Was sollen das bitte für Gründe sein?«, fragte Florian.

»Das muss ich als Arzt nicht näher ausführen.«

»Doch, nach dem Bundesgerichtshof müssen Sie therapeutische Hinderungsgründe sogar substantiiert vortragen, insbesondere die maßgeblichen Bedenken nach Art und Richtung konkretisieren.«

Dr. Bartholdys Mund verzog sich zu einem schmalen Strich.

»Ich bin Chefarzt und treffe hier die Entscheidungen. Ich muss mich niemandem gegenüber rechtfertigen, schon gar nicht vor … zwei Studenten.«

»Wollen Sie wirklich, dass wir die Sache vor Gericht klären?«, fragte Florian mit drohendem Unterton.

»Da machen Sie mir jetzt aber Angst! Als würde Sie irgendein Richter ernst nehmen.«

»Wir würden nicht selbst vor Gericht gehen. Das Institut für Justizirrtümer unter Professor Heckscher hat eine Handvoll der … besten Anwälte.«

Florian schaute Dr. Bartholdy ernst an.

Einen Augenblick starrte Dr. Bartholdy auf seinen leeren Schreibtisch.

»Sie können die CD mit der Patientenakte in einer halben Stunde bei meiner Sekretärin abholen.«

Dr. Bartholdy war auf den Bluff hereingefallen.

25

In Filmen ist das Kennenlernen der Schwiegereltern immer lustig. Florian dachte an den genial witzigen Kleinkrieg zwischen Ben Stiller als Schwiegersohn in spe und Robert De Niro als Brautvater in »Meine Braut, ihr Vater und ich«. Doch hinter der Tür des weißen Bungalows wartete die ernüchternde Realität.

Auf das Klingeln öffnete Elke Cornelius die Tür. Der Geruch von Zitrusreiniger schlug Florian entgegen.

»Das ist mein Freund Florian«, stellte Saskia ihn ihren Eltern vor.

Florian überreichte Saskias Mutter einen Blumenstrauß.

»Angenehm und danke für die Blumen«, sagte Elke Cornelius und gab Florian die Hand. Ihn irritierte ihr ständiges Blinzeln.

»Ich kenne den jungen Mann bereits«, sagte Helmut Cornelius trocken. Er machte keine Anstalten, Florian die Hand zu geben. Sogar am Sonntag trug er einen Anzug, bemerkte Florian irritiert.

Dann warf er einen Rundumblick in den Flur. Wie im Krankenhaus empfand er ihn wegen der weißen Wände und der hellgrauen Bodenfliesen. Je weiter er in das Haus hineinging, desto intensiver wurde der Zitrusreinigergeruch.

Alle vier begaben sich in das Esszimmer. Florian zweifelte, ob es wirklich eine gute Idee von Saskia gewesen war, ihn ihren Eltern bei einem sonntäglichen Mittagessen vorzustellen. Das Reinigungsmittel kribbelte in seiner Nase. Wurde es unverdünnt verwendet?

Elke Cornelius tischte Kassler mit Grünkohl und Röstkartoffeln auf. Das Essen stand gerade auf dem Tisch, da musste Florian laut niesen.

»Ich hoffe, Sie haben nichts Ansteckendes?«, fragte Helmut Cornelius.

»Nur eine Allergie.«

»Gegen Hausstaub?«, fragte Elke Cornelius.

Milben hätten in diesem Haus keine Überlebenschance gehabt.

»Nein, ich muss manchmal niesen, wenn ich vom Kalten ins Warme komme.«

Florian fiel auf, wie zwanghaft aufrecht die Familie am Tisch saß. Er machte es Saskia nach und legte sich auch eine zum Rechteck gefaltete Stoffserviette auf den Schoß. Auch bei der Benutzung des Bestecks und der Gläser orientierte er sich an seiner Freundin. Er spürte, wie Saskias Vater ihn mit seinen wässrig hellblauen Augen beobachtete, und er wollte nicht unangenehm auffallen. Die vier aßen schweigend.

Spießiges Eisschloss mit steifer Atmosphäre, dachte Florian und wollte möglichst schnell wieder weg.

Helmut Cornelius hatte seine Mahlzeit beendet, faltete die Serviette entgegen ihrem Originalkniff und legte sie links neben den Teller.

»Wie lange seid ihr schon zusammen?«, fragte Elke Cornelius, nachdem sie abgeräumt und Kaffee serviert hatte.

»Ein halbes Jahr«, antwortete Saskia.

»Das hast du uns gar nicht erzählt«, sagte Frau Cornelius.

»Wir wollten uns Zeit lassen«, sagte Saskia.

Wieder entstand ein unangenehmes Schweigen.

Florian sah Helmut Cornelius zum ersten Mal aus der Nähe, denn im Hörsaal bevorzugte er die letzte Reihe. Ihm fielen die ausgeprägten Tränensäcke und die tief eingegrabenen, herabhängenden Mundwinkel auf. Ein in ständiger Missbilligung erstarrtes Gesicht.

Helmut Cornelius bemerkte Florians Blick und fragte: »Möchten Sie mir etwas sagen?«

Das wäre die perfekte Gelegenheit gewesen, sich selbst als guten Schwiegersohn in spe zu präsentieren. Er hätte ein paar Worte über seine Gefühle für Saskia verlieren können – und dass er sich eine Zukunft mit ihr gut vorstellen konnte. Er spürte Saskias erwartungsvollen Blick. Und doch schwieg er.

»Sind Ihre Leistungen im Zivilrecht und öffentlichen Recht ähnlich bescheiden wie im Strafrecht?«, fragte Helmut Cornelius.

»Ich habe in allen drei Rechtsgebieten noch Wissenslücken, die ich bis zum Examen schließen muss.«

»Interessant. Sie schätzen sich also selbst so ein, dass Sie bereits über Rechtskenntnisse verfügen und es nur noch ein paar unbedeutende Lücken zu schließen gilt«, sagte Helmut Cornelius ironisch.

Florian war klar, dass er eine mündliche Inquisition durch den Vizepräsidenten des Oberlandesgerichts nicht überleben würde. Die Wertschätzung von Saskias Vater entsprach exakt den erreichten Noten. Darüber hatte ihm Saskia schon ihr Leid geklagt.

»Vater, mach das Mittagessen bitte nicht zu einem Examinatorium«, sagte Saskia.

»Na gut«, sagte Helmut Cornelius und legte die Fingerspitzen aneinander. »Nur noch eine Frage. Welcher Art sind Ihre beruflichen Ambitionen?«

Überrascht hob Florian beide Augenbrauen.

»Darüber habe ich mir noch keine Gedanken gemacht.«

Der Beruf war für Florian etwas, was in weiter Ferne stand. Er hatte noch nicht einmal das Erste Staatsexamen. Dem würden ein zweijähriges Referendariat und dann das zweite Staatsexamen folgen. Seine Berufswahl hatte noch Zeit.

»Diese Ambitionslosigkeit sieht man schon Ihren ungepflegten Haaren an.«

Florian war klar, den Schwiegersohn-Test hatte er nicht bestanden.

26

»Jan, du hast uns gesagt, du brauchst konstant Benzos in hohen Dosierungen«, begann Florian das Gespräch in der Psychiatrie. Neben ihm im Besucherraum saß Saskia.

Jan saß mit hängenden Schultern am Tisch und hatte die Augen halb geschlossen.

»Jan, hast du mich verstanden?«

Jan hob den Kopf, und seine Stirn legte sich in Falten.

»Ja.« Seine Stimme war leise.

»Stimmt das mit den Benzos?«, fragte Florian.

Die Falten auf Jans Stirn wurden tiefer.

»Ja.«

Jan schien heute schwer unter Einfluss der Psychopharmaka zu stehen.

»Wir haben uns deine Patientenakte besorgt. Deine Medikation mit Benzos steigt stetig an. Wie ein Süchtiger scheinst du immer mehr davon zu brauchen.«

Florian konnte beobachten, wie Jan die Botschaft aufnahm, und sein vernebelter Verstand versuchte, sie zu verstehen.

Eine halbe Minute sah Jan ihn einfach nur an. Florian befürchtete schon, keine Antwort zu bekommen.

»Nein, ich bin nicht süchtig«, erwiderte Jan schließlich.

»Wie erklärst du dann, dass du immer höhere Dosen brauchst, um dich gut zu fühlen?«

Wieder legte sich Jans Stirn für geraume Zeit in Falten, bevor er antwortete.

»Ich könnte jederzeit aufhören«, sagte Jan schulterzuckend.

Florian warf einen Seitenblick zu Saskia, die ihm durch ein Zwinkern zu verstehen gab, dass sie die Sache genauso sah. Das Mantra aller Süchtigen lautete, sie könnten jederzeit mit den Drogen aufhören. Außer den Süchtigen glaubte niemand daran. Sie würden Chefarzt Dr. Bartholdy bitten, die Benzos schleichend abzusetzen.

»Gefällt es dir in der Psychiatrie gut?«, fragte Saskia.

Jan drehte den Kopf Saskia zu und sah sie einen Augenblick überrascht an, als ob sie gerade erst dazugekommen wäre. Dann dachte er angestrengt über eine Antwort nach.

»Hier ist es okay.« Nach kurzem Nachdenken fügte Jan hinzu: »Manchmal vermisse ich die Freiheit und den Kontakt zu Nichtbemackten. Aber ich bekomm hier alle Medikamente, die ich brauch.«

»Mal angenommen, du würdest keine Medikamente mehr nötig haben. Wärst du dann lieber hier oder in Freiheit?«, fragte Florian.

Jan stützte das Kinn auf seine Hände und legte die Stirn in Falten. Der Sekundenzeiger auf der Wanduhr drehte behäbig seine Runden. Florian und Saskia sahen sich ratlos an. Wie konnte man über so eine Frage länger nachdenken?

»Wärest du lieber hier oder in Freiheit?«, wiederholte Florian.

Jan massierte sich mit den Fingerspitzen die Schläfen.

Weitere dreißig Sekunden vergingen.

»Dann in Freiheit«, sagte Jan schließlich.

»Wir können dir bei einem Wiederaufnahmeverfahren helfen. Du widerrufst dein Geständnis und wirst freigesprochen.«

Jan lehnte sich auf dem Stuhl zurück und überlegte wieder.

»Ja, das möchte ich.«

»Du wirst dein Geständnis auch widerrufen?«

Jan wirkte wie ein Examenskandidat, dem man die schwierigste aller Prüfungsfragen gestellt hat.

»Ja, das mach ich.«

»Gibt es irgendetwas, was uns bei dem Wiederaufnahmeverfahren helfen könnte?«, fragte Saskia.

Jan war anzusehen, wie die Frage langsam in seine Gehörgänge kroch, an das Gehirn weitergeleitet und dort verarbeitet wurde. An seinen Augen und seiner Stirn war abzulesen, wie er versuchte, eine Antwort zu finden.

»Ich habe ein Alibi.«

Florian sah, wie Saskia ungläubig den Kopf schüttelte.

»Bitte *was*?«, fragte Florian verdutzt.

Florian sah Jan gespannt an. Es fing an zu nerven, dass es jedes Mal zwischen einer halben und einer Minute dauerte, bis Jan antwortete.

»Am Tag der Entführung hatte ich meine mündliche Examensprüfung. Vier Prüfer und drei Mitprüflinge können das bestätigen«, sagte Jan mit schleppender Stimme.

»Darüber steht nichts in den Akten«, wunderte sich Florian.

Während Jan nachdachte, sah Florian Saskia an. Sie schüttelte den Kopf. Florian hatte also nichts in den Akten übersehen.

»Ich habe gestanden und einen anderen Tagesablauf geschildert«, sagte Jan.

»Aber hätte die Kripo nicht unabhängig von deinem Geständnis deinen Tagesablauf überprüfen und auf die mündliche Prüfung stoßen können?«, warf Saskia ein.

Jan drehte seinen Kopf langsam zu Saskia.

»Ich habe Durst.«

»Du bekommst gleich was zu trinken. Hat die Kripo deinen Tagesablauf überprüft?«

Florian sah auf den Sekundenzeiger seiner Armbanduhr. Er würde mindestens dreißig Mal weiterrücken, bevor Jan antwortete.

»Hätte sie wahrscheinlich. Aber nachdem ich gestanden hatte, war die Kripo zufrieden und hat den Fall abgeschlossen.«

»Unglaublich«, kommentierte Florian.

27

»Hier also finden die Hinrichtungen statt«, sagte Florian. Er ging mit Saskia auf das Justizprüfungsamt zu, das sich in einem historischen Gerichtsgebäude in der Neustadt befand. Eine mit Stahlnieten durchsetzte Eingangstür, verwitterter roter Backstein und graue Steinbögen schufen ein abweisendes Ambiente.

»Mir graut schon davor, dass wir uns hier bald selbst zum Examen anmelden müssen«, sagte Florian, als er mit Saskia die Treppen hochstieg.

»Das Examen ist noch ein halbes Jahr hin. Bis dahin wirst du den Stoff draufhaben«, ermunterte ihn Saskia.

»Nie im Leben. Kennst du ›Catch Me If You Can‹ mit Leonardo DiCaprio als Frank Abagnale?«

»Ja.«

»Abagnale wird gefragt, wie er sich die bestandene Anwaltskammerprüfung in Louisiana erschwindelt hat. Er antwortet: ›Es war kein Schwindel. Ich habe zwei Wochen gelernt und dann bestanden.‹«

»Tja, das war ein Film über einen Hochstapler. Im echten Leben reichen zwei Wochen Lernen nicht aus.«

Die Geschäftsstellenbeamtin hatte rot gefärbte Haare, schlaffe Hängebacken und ein Doppelkinn. Auf einem Teller lag ein angegessenes Stück Sahnetorte.

»Guten Morgen, wir möchten gern Einsicht in die Prüfungsakte von Jan Virchow nehmen«, sagte Florian.

»Personalausweis?«, fragte die Beamtin. Ihr hellblauer Lidschatten stand im Kontrast zu den aufgemalten roten Augenbrauen.

»Nein, ich bin nicht Virchow.«

»Schon mal was von Datenschutz gehört?« Die große, klobige Nase und der kleine, rot angemalte Mund bildeten ein Ausrufezeichen.

»Wir haben eine Vollmacht von Virchow.« Florian legte sie vor.

Die Beamtin überflog sie.

»Geht trotzdem nicht. Die Prüfungsakte ist schon archiviert.«

Florian wurde langsam ungehalten.

»Dann holen Sie die Akte eben aus dem Archiv.«

Ihr Doppelkinn schwang mit, als sie den Kopf schüttelte.

»Mein Name ist Cornelius. Mein Vater ist Vizepräsident des Oberlandesgerichts, zu dem das Justizprüfungsamt organisatorisch gehört. Soll ich ihn anrufen?«, fragte Saskia und zog ihr Smartphone aus der Umhängetasche.

»Ist ja schon gut«, sagte die Beamtin, erhob sich schwerfällig von ihrem Stuhl und schleppte sich davon.

»In ›Jurassic Park‹ würde sie den Brontosaurus spielen«, sagte Florian, als sie außer Hörweite war.

Während sie warteten, malte sich Florian in düsteren Farben aus, wie sein Studium nächstes Jahr genau an diesem Ort sein unrühmliches Ende finden würde. Er würde hier seine eigenen mangelhaften Klausuren einsehen. Danach würde er seinen ehemaligen Taxi-Chef nach einer Vollzeitstelle fragen.

Die Beamtin kam zwanzig Minuten später zurück. Etwas außer Atem und mit genervtem Gesichtsausdruck übergab sie Florian und Saskia die Prüfungsakte. Sie durften an einem Besuchertisch Einsicht nehmen.

Die Prüfungsakte war eigentlich gar keine Akte, sondern eine Sammlung schmaler Mappen, die mit einem Stoffgürtel zusammengehalten wurden. Für die Examensmeldung, jede der sechs Klausuren und die mündliche Prüfung war eine separate Mappe angelegt worden.

»Jan ist tatsächlich richtig gut«, sagte Florian, nachdem er einen Blick in die Klausurmappen geworfen hatte. »Er hat durchgängig Zweien geschrieben.«

»Mündlich hat er auch ein *Gut* und damit auch als Gesamtergebnis«, ergänzte Saskia. »Allerdings hat er für den Erfolg einen hohen Preis gezahlt.«

Saskia spielte auf die Drogenabhängigkeit und die Psychose an, die ihn in die Psychiatrie gebracht hatten.

»Nun zu Jans Alibi.«

Saskia suchte in der Mappe.

»Hier ist das Prüfungsprotokoll. Jan hat am Entführungstag die mündliche Prüfung absolviert. Ihm ist die Aufgabe für den Kurzvortrag um Punkt acht Uhr ausgehändigt worden.«

»Um 7.50 Uhr ist Nele entführt worden. In zehn Minuten kann Jan es niemals von Steilshoop bis zur Neustadt geschafft haben«, schlussfolgerte Florian.

»Außerdem hätte Jan vorher noch Nele irgendwo verstecken müssen.«

»Also hat er für den Tatzeitpunkt ein Alibi«, stellte Florian erfreut fest.

28

Oberstaatsanwalt Hagen Brocks empfing Florian und Saskia in seinem Büro. Die Staatsanwaltschaft hatte ihren Sitz in einem gelb geklinkerten Gebäude am Gorch-Fock-Wall. In Sichtweite gegenüber lagen das Strafjustizgebäude und die Untersuchungshaftanstalt. Die einzigen Farbtupfer in dem rau-faserweißen Büro mit hellgrauen Funktionsmöbeln waren die roten Ermittlungsakten auf seinem Schreibtisch.

Hagen Brocks war mit seinen sechsunddreißig Jahren ungewöhnlich jung für einen Oberstaatsanwalt. Normalerweise erfolgte die Beförderung erst jenseits der fünfzig. Sicher wäre er irgendwann ohnehin befördert worden, doch die Verurteilung von Virchow hatte Brocks als Karrieresprungbrett gedient. Er war Anklagevertreter gewesen und hatte ein paar markige Interviews gegeben. Und er hatte den Fall mit der Verurteilung Virchows gewonnen. Brocks galt als Aufsteiger und verfolgte eine strikte Nulltoleranzstrategie. Er verstand es, Erfolge medienwirksam zu verkaufen. Dabei half ihm sein gutes Aussehen. Er hatte sanfte hellbraune Augen, dunkelbraune Haare, war glattrasiert und hatte ein energisches Kinn. Stets trug er einen schwarzen Anzug mit weißem Hemd und dunkelroter Krawatte. Im Film hätte ihn der junge Kevin Spacey gespielt, so wie in »Die Jury« nach dem Roman von John Grisham. Ihm wurde

93

eine große Karriere in der Justiz und vielleicht später auch in der Politik vorausgesagt.

»Sie kommen vom Institut für Justizirrtümer?«, fragte Hagen Brocks stirnrunzelnd. »In der Rechtswirklichkeit kommen Justizirrtümer so gut wie nie vor, aber das muss Sie im Elfenbeinturm der Universität nicht abhalten.«

Florian verkniff sich den Einwand, dass nach der Schätzung des Richters am Bundesgerichtshof, Ralf Eschelbach, jedes vierte Urteil ein Fehlurteil war. Justizirrtümer waren eben nicht nur bedauerliche Einzelfälle. Brocks Weltbild zu erschüttern, würde seine Gesprächsbereitschaft sicher nicht steigern.

»Ja, wir befassen uns zu Forschungszwecken mit der Verurteilung von Jan Virchow«, wiegelte Florian ab. »Wie überzeugt sind Sie davon, dass er der Täter im Fall der entführten Nele ist?«

Hagen Brocks sah ihn verständnislos an. »Virchow hat die Tat gestanden, und zwar dreimal hintereinander, außerdem verfügte er über Täterwissen. Er wurde dafür vom Landgericht verurteilt. Weder ich noch das Gericht hatten die geringsten Zweifel an seiner Täterschaft. Er wird selbst am besten wissen, dass er es getan hat, denn er hat keine Revision eingelegt.«

»Nach anderen Verdächtigen wurde auch nicht ermittelt, nachdem Virchow gestanden hatte«, meldete sich Saskia zu Wort.

»Andere mögliche Täter als Virchow konnten aufgrund der Alibi-Überprüfung zur tatkritischen Zeit sowie der weiteren Ermittlungsergebnisse zu hundert Prozent ausgeschlossen werden«, sagte Brocks bestimmt.

»Waren Sie schon einmal in der Psychiatrie?«, fragte Saskia.

»Nein, warum sollte ich?«

»Dort hätten Sie eine Bibliothek mit Tageszeitungen und Internet-Anschluss gesehen. Vielleicht hat Virchow sein angebliches Täterwissen dort recherchiert.«

»Das glaube ich kaum«, erwiderte Brocks mit einem selbstgefälligen Grinsen. »Er hat uns zum Leichenfundort in der Lüneburger Heide geführt, der vorher nicht bekannt war. Den konnte nur der Täter kennen.«

»An dem *angeblichen* Leichenfundort wurde aber keine Leiche gefunden.«

»Aber ein Knochensplitter.«

»Wobei nicht bewiesen wurde, dass er von Nele stammt.«

»Der Sachverständige hat ihn als Knochenstück eines Kindes identifiziert.«

Florian verfolgte den Schlagabtausch zwischen dem Oberstaatsanwalt und Saskia. Er musste sich beherrschen, noch nichts von Jan Virchows Alibi für den Zeitpunkt der Entführung zu erzählen. Denn dann hätte Brocks das Gespräch womöglich abgebrochen.

»Jan Virchow will sein Geständnis widerrufen«, sagte Florian.

»Das bleibt ihm unbenommen, wird ihm aber nichts nützen«, erwiderte Hagen Brocks gelassen. »Für einen Wiederaufnahmeantrag müsste er darlegen, warum er vor Gericht ein falsches Geständnis abgelegt hat. Und das kann er nicht. Niemand, der bei Sinnen ist, gesteht einen Mord, den er nicht begangen hat.«

»Er war nicht bei Sinnen, er stand massiv unter dem Einfluss von Psychopharmaka. Wussten Sie das nicht?«

»Doch, mir war bekannt, dass Virchow Medikamente erhielt. Ich kann deren Wirkung aber nicht beurteilen.« Hagen Brocks Stimme klang irritiert, doch er fing sich gleich wieder. »Meines Wissens ist Virchow weiterhin in der Psychiatrie. Vielleicht ist sein Verstand jetzt, da er sein Geständnis widerrufen will, sogar noch vernebelter.«

»Seine Medikation wird aktuell schrittweise abgesetzt«, warf Saskia ein. Es war ein schwieriges Gespräch mit Chefarzt

95

Bartholdy gewesen, aber letztlich hatte er sich bereit erklärt, seinen Patienten von den Psychopharmaka zu entwöhnen. »In einem neuen Prozess wird Jan Virchow vollkommen klar im Kopf sein.«

Oberstaatsanwalt Brocks schien sich unter Druck zu fühlen, denn er strich seine Krawatte nervös glatt.

»Es wird keinen neuen Prozess geben. Die Anklage und das Urteil waren richtig.«

Oberstaatsanwalt Brocks legte eine Kunstpause ein.

»Und ich finde es sachlich … na ja, unangemessen, wenn zwei Jurastudenten behaupten, ich hätte einen Fehler gemacht.«

Hagen Brocks warf Florian und Saskia einen strengen Blick zu und hob warnend den Zeigefinger. »Ihnen ist offenbar nicht klar, mit wem Sie sich anlegen. Sie sollten besser die Finger von dem Fall lassen.«

»Danke für den Rat«, sagte Florian. Ihm wurde bewusst, wie viel für beide Seiten auf dem Spiel stand. Ein aufstrebender Staatsanwalt konnte der Karriere zweier Jurastudenten sicher erhebliche Steine in den Weg legen. Sollte sich die Verurteilung von Virchow aber als Justizirrtum herausstellen, würde die bisher makellose Karriere von Brocks einen Knick bekommen. Das war ein Spiel, bei dem auf gar keinen Fall beide Seiten mit heiler Haut davonkommen konnten.

»Haben Sie mal überprüft, ob Virchows Angaben zum Tathergang überhaupt stimmen *konnten*? Ob er vielleicht Nele gar nicht entführt haben *kann*, weil er zu dem Zeitpunkt ganz woanders war?«, fragte Saskia.

»Ich muss mich Ihnen gegenüber nicht rechtfertigen. Und ich möchte das Gespräch jetzt beenden.«

Hagen Brocks schob seinen Schreibtischstuhl zurück und stand auf.

Saskia stand ebenfalls auf und legte ein Blatt Papier auf den Schreibtisch.

»Was ist das?«, fragte Oberstaatsanwalt Brocks stirnrunzelnd.

»Das Protokoll von Virchows mündlichem Examen. In der Zeit, in der er nach Ihrer Anklageschrift Nele entführt, missbraucht und umgebracht hat, hat er in Wirklichkeit sein mündliches Examen abgelegt.«

Die Bombe war geplatzt.

Saskia und Florian ließen einen sichtlich konsternierten Oberstaatsanwalt zurück.

29

»Was ist der Unterschied?«, eröffnete Helmut Cornelius das mündliche Examen.

»Meinen Sie mich?«, fragte Florian irritiert.

»Was ist der Unterschied?«, fragte Helmut Cornelius noch einmal.

»Unterschied zwischen was?«

»Was ist der Unterschied?«, fragte Helmut Cornelius in gleichbleibend sanftem und geduldigem Ton.

Auf Florians Stirn bildeten sich Schweißperlen.

»Ich verstehe nicht, was Sie meinen. Ich kann Ihnen keinen Unterschied benennen, wenn Sie mir nicht sagen, um was es überhaupt geht.«

Helmut Cornelius stand vom Prüfungstisch auf, ging um ihn herum und stellte sich direkt vor Florian.

»Was ist der Unterschied?«

»Aber … sagen Sie mir doch endlich, zwischen was.«

Für einen Augenblick starrte Helmut Cornelius zu Florian herunter.

»Ihre Prüfung ist ja kafkaesk«, beschwerte sich Florian.

»Wachen.«

Von hinten näherte sich ein Mann, und Florian spürte, wie sein Kopf umklammert wurde. Er wollte seine Hände hochreißen, doch sie ließen sich nicht bewegen. Er schaute nach unten. Sie waren mit Lederriemen an den Stuhllehnen festgebunden.

»Entspannen Sie sich. Und machen Sie den Mund weit auf.«

Florian bäumte sich auf und ruckelte vergeblich an den Fesseln.

Ein zweiter Mann kam von hinten und drückte seine Kiefer auseinander. Florian spürte, wie er ihm etwas Metallenes in den Mund schob, damit er offen gehalten wurde.

Helmut Cornelius zog eine Schreibtischlampe heran und richtete sie auf Florians Mund. Aus dem Sakko holte er ein chromfarbenes Instrument mit einer hakenförmigen Nadelspitze. Dann beugte er sich zu Florian herunter. Der konnte den Atem des Richters im Gesicht spüren. Er roch nach Sanitärreiniger. Florian sah die Zahnsonde in seinem Mund verschwinden. Er fühlte ihre Spitze an seinen Zähnen entlangkratzen.

»Tut das weh?«

Als die Nadelspitze in einen Zahn gedrückt wurde, durchzuckte ein Schmerz seinen gesamten Kiefer. Florian schrie, seine Finger verkrampften sich und bohrten sich in die Lehnen.

Helmut Cornelius' Augen starrten ihn ausdruckslos an.

»Sie haben Karies. Das Loch sollten Sie mal behandeln lassen.«

Florian atmete aus, als Cornelius die Zahnsonde auf den Tisch legte. Er hatte die ganze Zeit den Atem angehalten.

»Was ist der Unterschied?«

»Ich habe Ihnen schon gesagt, ich kann Ihre Frage nicht beantworten, wenn Sie mir nicht –«

»Ich glaube, er weiß die Antwort. Natürlich weiß er sie. Er ist nur ein wenig stur«, sagte Cornelius zu den beiden Wachen.

Helmut Cornelius klappte den Aktenkoffer auf dem Tisch auf und holte einen Akkubohrer heraus.

»Aber wir werden die richtige Antwort schon aus ihm herausbekommen.«

Der Richter schaltete den Bohrer probehalber ein.

Wiijuh. Florian hörte das schrille und durchdringende Geräusch. Er versuchte sich so weit wie möglich in den Stuhl zu drücken.

»Der Zahn mit dem Loch ist so gut wie tot. Jetzt werde ich in einen lebenden Zahn hineinbohren.«

Der Wachmann hinter ihm umklammerte seinen Kopf fester.

»O nein, bitte nicht. Bitte nicht.«

Florians Fingernägel krallten sich in die Stuhllehne, als sich der Bohrer seinem Mund näherte. Wieder hielt er den Atem an.

Mit angstgeweiteten Augen sah er die Spitze des Bohrers in seinem Mund verschwinden.

Wiijuh heulte der Bohrer auf.

Florian stieß einen markerschütternden Schrei aus.

Er fuhr hoch. Schweißgebadet und mit rasendem Herzschlag saß er aufrecht im Bett. Es war dunkel – in seinem Zimmer in der WG. Instinktiv fuhr er sich mit der Zunge über die Zähne. Alle waren unversehrt. Ein Traum! Nur ein verdammter Albtraum.

30

Den Vormittag verbrachten Florian und Saskia im Hörsaal, den Nachmittag im Institut. Sie mussten Berichte über ihre Ermittlungen schreiben und diese Professor Heckscher vorlegen. Um achtzehn Uhr waren sie fertig und packten ihre Sachen.

»Lass uns zusammen was essen und dann ins Kino gehen. Im Zeise läuft eine Tarantino-Retrospektive«, schlug Florian vor.

»Geht nicht, ich muss noch lernen«, antwortete Saskia mit einem Schulterzucken.

»Komm schon, Saskia, einen Abend relaxen wird dir guttun«, sagte Florian und legte ihr seinen Arm auf die Schulter. »Ein Glas Wein, einen schönen Film zusammen anschauen und anschließend ein bisschen kuscheln.«

Saskia schob seinen Arm von ihrer Schulter und sagte: »Heute nicht, ich muss lernen.«

»Das kannst du auch im Kino. Alles, was man über Jura wissen muss, kann man im Kino lernen.«

Saskia legte den Kopf schräg und zog die Augenbrauen hoch.

»Was soll das bitte sein?«

»Zum Beispiel in ›Das perfekte Verbrechen‹ mit Anthony Hopkins. Der Mörder provoziert einen Angriff des

101

Kripobeamten auf sich. Sein späteres Geständnis kann aufgrund des Übergriffs als *Frucht des verbotenen Baums* nicht verwertet werden.«

Florian grinste Saskia an und schulterte seinen Rucksack.

»Aha. Noch was?«, fragte Saskia und hängte sich die Umhängetasche über.

»Nachdem der Mörder freigesprochen wurde, gesteht er dem Staatsanwalt die Tat noch mal. Er glaubt, er kann wegen des Rechtsgrundsatzes *Ne bis in idem* kein zweites Mal wegen derselben Tat angeklagt werden.«

»Um zu diesen beiden Erkenntnissen zu gelangen, brauche ich mich keine zwei Stunden in ein Kino zu setzen.«

Florian war klar gewesen, dass sie eine Kosten-Nutzen-Rechnung anstellen würde. In zwei Stunden konnte sie ein ganzes Lehrbuch mit hunderten juristischer Weisheiten durchlesen.

»Im Kino ist es aber schöner als am Schreibtisch.«

»Man kann sich auf das Examen nicht durch das Anschauen von Filmen vorbereiten.«

»Und du kannst nicht jeden Tag bis Mitternacht lernen«, sagte Florian.

»Dir könnte eine abendliche Lerneinheit auch nicht schaden. Deine Wissenslücken sind so groß wie die Entfernung von der Erde bis zum Tatooine«, sagte Saskia und stieß ihm mit dem Zeigefinger gegen die Brust.

»Bist du ein heimlicher Star-Wars-Fan?«

»Nein, ich wollte nur, dass du mich verstehst.«

»Ich will auch mal Spaß haben und nicht rund um die Uhr lernen«, sagte Florian und hob beide Hände.

»Als wenn du rund um die Uhr lernen würdest.« Ihr Tonfall klang höhnisch.

»Weißt du, du solltest das Leben nicht so ernst nehmen, weil du da lebend nicht rauskommst!«

»Ist das wieder eine deiner beknackten Filmweisheiten?«

»Ja, aus ›Party Animals‹.«

»Weisheiten aus einer Studentenkomödie werden dir im Ernstfall des Examens nicht weiterhelfen.«

Florian wusste, dass er eine Grundsatzdiskussion mit Saskia nicht gewinnen konnte. Deshalb versuchte er es mit einem anderen Argument.

»Du brauchst auch mal Entspannung.«

»Ich entspanne im Schlaf.« Saskia hob triumphierend eine Augenbraue.

»Wahrscheinlich hältst du Schlaf ohnehin für verschwendete Zeit.«

»Nein, ich sehe ein, dass mein Körper Phasen der Regeneration benötigt.«

»Man verblödet, wenn man sich immer nur mit der Juristerei beschäftigt. Ablenkung ist auch mal wichtig«, hielt Florian dagegen.

»Wie bitte? Du hältst mich für verblödet?«

»So war das nicht gemeint.«

»Na ja. Auf jeden Fall bist du mir Ablenkung genug.«

»Aber du hast doch kaum Zeit für mich.«

Saskia verschränkte die Arme vor der Brust.

»Du wusstest, worauf du dich einlässt. Ein anderes Mal können wir ausgehen. Heute nicht.«

Sie drehte sich um und ging zur Tür.

»Das sagst du immer.«

31

Strafverteidiger Markus Kowalczyk war ausgebucht. Deshalb
hatte er Florian und Saskia ein Treffen im Strafjustizgebäude vor-
geschlagen. Sie mussten eine halbe Stunde in dem beige gestrichenen Flur warten, bis Jans Verteidiger aus dem Gerichtssaal
kam. Die drei begrüßten sich.

Markus Kowalczyk trug eine große schwarze Kunststoffbrille,
hatte eine hohe Stirn und seine Resthaare zu einem Zopf
gebunden. Die Robe war offen und enthüllte ein rosa Hemd.
Eine Krawatte fehlte. Sein Mund war etwas zu breit und seine
Lippen etwas zu voll für einen Mann. *Schmierig* schoss Florian
als Ersteindruck durch den Kopf.

»Wir haben fünfzehn Minuten Pause. Also wie kann ich
euch helfen?«, fragte Markus Kowalczyk.

Nicht nur schmierig, sondern auch distanzlos, ergänzte
Florian im Geiste.

»Wie sind Sie Virchows Verteidiger geworden?«, fragte er
ihn.

»Der Vorsitzende hat mich zu seinem Pflichtverteidiger
bestellt, nachdem Virchow keinen eigenen Vorschlag gemacht
hat.«

Seiner Homepage zufolge war Kowalczyk dreiundvierzig Jahre alt, hatte sich auf Strafrecht spezialisiert und seine Kanzlei im Bahnhofsviertel.

»Machen Sie oft Pflichtverteidigungen?«

»Hauptsächlich. Das bringt zwar nur die gesetzlichen Gebühren, aber wenn man regelmäßig bestellt wird, kann man gut von ihnen leben.«

»Wie wird man Pflichtverteidiger?«, wollte Florian wissen.

»Man kann sich auf eine Pflichtverteidiger-Liste setzen lassen. Das allein genügt aber nicht, weil da ziemlich viele Anwälte draufstehen. Man muss mit einem Packen Visitenkarten die Richterzimmer abklappern.«

Florian fragte sich, wie engagiert ein Anwalt verteidigen konnte, wenn seine berufliche Existenz vom Wohlwollen der Richter abhing.

»Sind Sie ein kompetenter Verteidiger?«, fragte Saskia.

Markus Kowalczyk hob eine Augenbraue. »Willst du mich kritisieren?«

»Nein, wir versuchen uns nur ein Bild über die Verurteilung von Virchow zu machen.«

»Ja, ich bin ein versierter Strafverteidiger. Ich tu nichts anderes.«

Florian überlegte, ob er Kowalczyk auf den Widerspruch ansprechen sollte, ein versierter Strafverteidiger sein zu wollen und trotzdem nur Pflichtverteidigungen zu bekommen. Beruflichen Erfolg stellte er sich anders vor.

»Virchow war ein besonderer Fall, denn er hat die Tat aus eigenem Antrieb gestanden«, sagte Markus Kowalczyk ungefragt. »So etwas kommt ganz selten vor.«

»Wussten Sie, dass Jan Virchow während des Ermittlungsverfahrens und des Prozesses süchtig nach Benzodiazepinen war?«, fragte Saskia.

Florian spürte das Zögern des Verteidigers.

»Manchmal wirkte er weggetreten. Ich vermutete, dass er in der Psychiatrie Medikamente bekam.«

»Haben Sie das im Prozess thematisiert?«, fragte Florian.

»Nein, warum sollte ich? Die Medikamente taten Virchow offenbar gut.«

»Vielleicht um festzustellen, ob sein Geständnis auf seinem freien Willen beruhte. Oder ob er verhandlungsfähig war.«

»Das zu beurteilen ist Aufgabe des Gerichts«, antwortete er mit einer wegwerfenden Handbewegung.

»Ihr ehemaliger Mandant hat sein Geständnis widerrufen und behauptet, unschuldig zu sein«, sagte Florian.

»Wirklich?«

Markus Kowalczyk war anzusehen, dass er angestrengt über diese Wendung nachdachte. Dann sagte er mit einem Schmunzeln: »Und jetzt braucht Virchow einen guten Anwalt für das Wiederaufnahmeverfahren?«

»Möglicherweise, aber auf dieses Mandat sollten Sie sich keine allzu großen Hoffnungen machen.«

»Schade.« Er klang enttäuscht.

»Waren Sie mit Ihrer Arbeit im Fall Jan Virchow zufrieden?«, erkundigte sich Saskia.

»Bei einem voll geständigen Mandanten gab es so viel nicht zu tun.«

Markus Kowalczyk warf einen genervten Blick auf seine Armbanduhr, dann schaute er sich ziellos im Gerichtsflur um. Ohne Aussicht auf ein neues Mandat verlor er sichtlich das Interesse an dem Gespräch.

»Wir haben die Akte gelesen und konnten darin keine nennenswerten Aktivitäten von Ihnen feststellen«, bemerkte Florian.

»Ich muss gleich wieder in den Saal«, antwortete Kowalczyk. »Dein Vorwurf geht an der Sache vorbei. Jan Virchow wollte gestehen, und es war nicht meine Aufgabe, ihn davon abzuhalten.«

»Wann haben Sie Jan Virchow zum letzten Mal gesehen?«

»Kurz nach der Urteilsverkündigung. Ich hatte ihn gefragt, ob er Revision einlegen wolle. Das hat er verneint. Damit war das Mandat beendet. Und jetzt muss ich wieder rein.«

Markus Kowalczyk drehte sich um und verschwand im Gerichtssaal.

»Das war kein Anwalt wie in ›Zwielicht‹«, sagte Florian.

»Versteh ich nicht.«

»Richard Gere spielt da einen engagierten Verteidiger, der Tag und Nacht kämpft, um seinen Mandanten aus dem Gefängnis zu befreien. Er sagt Sachen wie: ›Ich bin Ihr Anwalt! Das bedeutet, ich bin Ihre Mutter, Ihr Vater, Ihr bester Freund und Ihr Priester.‹«

»Jan Virchow hatte keinen Verteidiger, sondern nur einen Geständnisbegleiter«, fasste Saskia zusammen.

32

Das Institut für Forensische Anthropologie befand sich in einem Einfamilienhaus in Wandsbek. Das rote Backsteinhaus mit dem schwarzen Dach war in die Jahre gekommen. Professor Robert Hemberger empfing Florian und Saskia an der Haustür.

»Ach, Sie sind die beiden Studenten. Kommen Sie mit.«

Der einundsiebzigjährige Professor hatte volles weißes Haar, war übergewichtig und trug einen Arztkittel.

Sie folgten ihm in den Keller. Florian erwartete ein Labor mit Reagenzgläsern, Glaskolben und netten kleinen Explosionen, so wie in dem Film mit Jerry Lewis. Statt einer brodelnden Giftküche empfingen sie – teilweise übereinandergestapelt – Dutzende Kartons mit Asservaten und Akten auf dem L-förmigen Tisch.

»Entschuldigen Sie die Unordnung. Nach meiner Emeritierung habe ich mich mit dem Institut in meinem Privathaus selbstständig gemacht. Allerdings fehlen mir hier der Platz und auch die Mitarbeiter.«

Der Professor machte sich daran, die beiden Besucherstühle von Akten zu befreien. Wachsköpfe in den Regalen zeugten davon, dass Professor Hemberger auch im Bereich der Gesichtsrekonstruktion tätig war. Er gab Toten wieder ein Gesicht, damit sie identifiziert werden konnten.

»Wie sind Sie Anthropologe geworden?«, fragte Saskia, nachdem sich alle hingesetzt hatten.

»Ich war Oberarzt und am Institut für Rechtsmedizin tätig. Die Obduktionen begannen mich nach ein paar Jahren zu langweilen. Da kam die forensische Anthropologie als neues Fachgebiet auf, und ich habe mich darauf spezialisiert.«

»Womit beschäftigt sich ein Anthropologe?«

»Ein Schwerpunkt ist die Identifizierung von Tätern nach Lichtbildern. Das betrifft Raser in Bußgeldverfahren bis hin zu Bankräubern. Ich identifiziere Skelette und rekonstruiere Gesichter. Stark gefragt ist momentan die Altersdiagnose bei Straftätern aus dem Bereich der Asylbewerber. Die geben meistens an, maximal achtzehn Jahre alt zu sein.«

Im Bereich der Gesichtsrekonstruktion galt Professor Hemberger als Koryphäe, hatte Florian in Wikipedia gelesen. Er war auch nach seiner Emeritierung bei den Gerichten ein gefragter Sachverständiger.

»Wir interessieren uns für den Fall Nele Dankers«, sagte Florian.

»Ich kann mich daran erinnern«, sagte Professor Hemberger nach kurzem Überlegen. »Von einer Feuerstelle auf einer Lichtung in der Lüneburger Heide waren mir Überreste zur Begutachtung übergeben worden. Dabei handelte es sich fast ausschließlich um verkohltes Holz. Aber bei ein paar Stücken konnte ich verbrannte Knochenfragmente feststellen. Splitter von Röhrenknochen, außen harte und innen poröse Substanz, also die Spongiosa. Sie waren menschlichen Ursprungs, wie sich aus dem Übergang von der porösen Spongiosa in die harte Periostschicht ergab.«

Florian war beeindruckt.

»Was für Knochen waren es konkret?«, fragte Saskia.

»Das lässt sich nicht sagen. Röhrenknochen finden sich in allen Extremitäten, also Armen, Händen und Beinen. Die Fragmente waren für eine genaue Zuordnung zu klein.«

»In Ihrem Gutachten stand, die Knochenfragmente stammten von einem Kind.«

»Richtig. Eins der Knochenfragmente wies eine Wachstumsfuge auf, woraus sich schlussfolgern ließ, dass es zu einem Menschen zwischen fünf und fünfzehn Jahren gehörte.«

»Zusammengefasst haben Sie festgestellt, dass es sich um das Knochenstück eines Kindes handelt?«, fragte Florian. Das war der einzige gegen Jan Virchow sprechende Sachbeweis und deshalb von überragender Bedeutung.

»Ja, das war mein Fazit.«

Florian sah sich in dem Labor um und vermisste Hightech-Geräte wie bei CSI im Fernsehen. Also fragte er: »Mit welchen technischen Geräten haben Sie die Knochenfragmente untersucht?«

»Mit der hier«, sagte Professor Hemberger und griff nach einer auf dem Tisch liegenden Leuchtlupe. »Mit vierzig Jahren Berufserfahrung brauche ich keine aufwendige Technik, um das Offensichtliche zu sehen.«

»Sie konnten aber nicht feststellen, ob das Knochenstück von Nele stammte?«

»Nein, die Fragmente waren so stark verbrannt, dass ich keine DNA sicherstellen konnte.«

»Wo sind die Fragmente jetzt?«

Professor Hemberger stand auf. »Ich müsste sie noch irgendwo haben. Sie wurden nie zurückgefordert.« Er ging zu einem großen Schrank und öffnete ihn. Darin waren Bücher, lose Papiere und Kartons. Der Inhalt drohte herauszustürzen. Nach längerem Suchen zog er einen kleinen Karton hervor und kam zurück. Er öffnete ihn und holte einen Klarsichtbeutel heraus. Darin waren sechs zwei bis fünf Zentimeter große schwarze Stücke.

Florian erschauderte bei der Vorstellung, dies könnten die Überreste von Neles Hand sein.

33

Im Morgengrauen joggte Saskia um die Außenalster. Zu der frühen Uhrzeit waren nur wenige andere Gestalten unterwegs. Es würde ein klarer und kalter Novembertag werden.

Sport war etwas, was sie viel zu selten machte. Ein bisschen hatte Florian recht mit seinen ewigen Vorwürfen, sie würde ständig nur an Jura denken. Dann und wann nahm sie sich vor, sich regelmäßig eine kleine Auszeit von der juristischen Tretmühle zu nehmen. Doch bei den guten Vorsätzen blieb es.

Im Alsterpark sah sie mehrere Herrchen und Frauchen ihre Hunde Gassi führen.

Letztes Jahr hatte sie versucht, mithilfe einer Psychologin ihrer Fixierung auf Jura auf den Grund zu gehen. Sie wollte mit erstklassigen Noten die Anerkennung und Liebe ihres herrischen und kaltherzigen Vaters gewinnen, lautete das niederschmetternde Ergebnis. Die Psychologin hatte gemeint, dass sie die Zuneigung ihres Vaters wahrscheinlich niemals bekommen und es sie nur unglücklich machen werde, weiter danach zu streben. Doch sie mochte die Hoffnung nicht aufgeben. Sie musste sich nur noch mehr anstrengen, würde bessere Noten bekommen und irgendwann würde ihr alter Herr weich werden.

Saskia überquerte die Krugkoppelbrücke und bog in die Bellevue ein. Links standen prachtvolle Stadtvillen, rechts lag die Alster. Der Morgenhimmel färbte sich rötlich. Die drei Kilometer lange Außenalster glühte orange auf.

Langsam geriet sie außer Atem. Sie trabte etwas langsamer weiter und bereute, nicht öfter zu joggen. Sport nützte nur etwas, wenn man ihn regelmäßig betrieb.

Florian schien sie wirklich zu lieben. Geliebt zu werden, war schön und unheimlich zugleich. Als Kind hatte sie dieses Gefühl nicht erlebt. Es war neu für sie. Florian gab ihr etwas, was sie von ihrem Vater nicht bekam. Die Liebe zu Florian brachte sie allerdings in einen doppelten Konflikt.

Im Vergleich zu ihr war er ein mittelmäßiger Jurastudent. Er tat oft nur das Nötigste. Spätestens um achtzehn Uhr musste für ihn Schluss mit der Juristerei sein, am Wochenende auch früher. Dann wollte er Spaß haben und Saskia zu allen möglichen Freizeitaktivitäten überreden. Darüber hatten sie sich schon ein paar Mal gestritten.

Der zweite Konflikt bestand darin, dass ihr Vater Florian nicht als ihren Freund akzeptierte. Um die Gnade ihres Vaters zu finden, hätte sie schon den Jahrgangsbesten anschleppen müssen. Vielleicht hätte auch ein Sohn aus einer angesehenen Hamburger Familie seine Gnade gefunden. Jemand aus einer Bank- oder Kaufmannsdynastie. Aber einen »Niemand« wie Florian lehnte er rundheraus ab.

Am Ende der Bellevue blieb Saskia stehen. Sie stützte die Hände auf die Knie und rang nach Luft. Sie hatte gerade mal die Hälfte der rund sieben Kilometer langen Strecke um die Außenalster geschafft und war völlig außer Atem.

Ich bin in eine Zwickmühle geraten, stellte Saskia betrübt fest, als sie auf die Alster hinausschaute. Im Sommer war sie von Segelbooten und Schwänen bevölkert. An diesem

Wintermorgen kreuzte hier nicht einmal ein Alsterdampfer. Florian gab ihr die Liebe, die ihr Vater ihr vorenthielt, gleichzeitig vergrößerte diese Liebe aber die Distanz zu ihrem Vater, dessen Liebe ihr fast noch wichtiger als die zu Florian schien.

34

Die Knochenfrau empfing Florian und Saskia in ihrem Labor im Institut für Rechtsmedizin im Universitätskrankenhaus Eppendorf. Draußen wirkte der zweistöckige Gelbklinker veraltet, doch die Rechtsmedizin drinnen war hochmodern ausgestattet. Romy Lenz hieß die Gerichtsmedizinerin, die sich auf die forensische Osteologie, also die gerichtliche Knochenkunde, spezialisiert hatte. Sie war um die dreißig, hatte ein sympathisches rundes Gesicht, zurückgebundene rote Haare und trug einen weißen Kittel. Sie hatte ein erstaunlich fröhliches Wesen, obwohl sie tagtäglich mit dem Tod konfrontiert war. Florian und Saskia hatten die Knochenfragmente zu ihr gebracht und gehofft, eine eingehendere Untersuchung werde weitere Erkenntnisse bringen.

»Ihr wollt das Ergebnis hören?«, fragte Romy Lenz mit heller Singsang-Stimme.

»Deshalb sind wir hier«, antwortete Florian.

»Ich habe die Fragmente röntgenologisch, mikroskopisch und histologisch untersucht.«

Romy Lenz warf Florian und Saskia, die vor ihr saßen, einen bedeutungsschweren Blick zu.

»Die Untersuchung hat ein höchst interessantes Ergebnis erbracht.«

Florian und Saskia sahen die Gerichtsmedizinerin neugierig an.

»Mit dem Ergebnis hättet ihr nie gerechnet.«

»Nun spannen Sie uns nicht weiter auf die Folter«, sagte Saskia.

»Ich habe mir gleich gedacht, dass es sich nicht um Knochenfragmente handelt«, setzte die Gerichtsmedizinerin noch einen drauf.

Florian und Saskia sahen sie irritiert an.

»Es handelt sich bei den Funden nicht um Knochen«, sagte Romy Lenz.

»Sondern?«, fragte Florian.

»Um Holz mit Polyvinylacetat.«

»Das ist bitte was?«, hakte Saskia nach.

»Holz ist das harte Gewebe der Sprossachsen von Bäumen und Sträuchern«, erklärte Romy Lenz heiter.

»Ich meinte das Poly-irgendwas-Zeug.«

»Polyvinylacetat wird als weißer Holzleim verwendet.«

»Dann sind das Fragmente verbrannter Möbelreste?«, schlussfolgerte Florian.

»Vermutlich. Auf jeden Fall keine Knochenstücke menschlichen Ursprungs.«

Saskia musterte die Knochenfrau mit hochgezogenen Augenbrauen.

Florian pfiff durch die Schneidezähne.

Wie konnte sich Professor Hemberger so irren?, fragte sich Florian.

»Ist es ein Kunstfehler, wenn ein Rechtsmediziner einen möglichen Knochenfund nur mit einer Lupe untersucht?«

»Nein, in der forensischen Osteologie ist die Makroskopie eine anerkannte und zudem noch die am häufigsten angewandte Untersuchungsmethode.«

»Was heißt Makroskopie?«

»Betrachtung mit dem Auge.«

»Das gibts ja nicht«, freute sich Florian. »Der einzige Sachbeweis, der gegen Jan spricht, hat sich soeben in Luft aufgelöst.«

35

Die Drohne hob ab und gewann schnell an Höhe.

Florian stand an diesem Abend neben Simon und schaute auf das Display der Fernsteuerung.

Als die Drohne ihre Flughöhe von hundertfünfzig Metern erreicht hatte, war sie von unten nur noch als blinkender Punkt zu erkennen. Dafür war die Aussicht auf dem Bildschirm grandios. Der Hauptbahnhof mit den ein- und ausfahrenden Zügen sah aus wie eine Modelleisenbahn.

»Wir spielen um den Abwasch. Wer ist stärker: Chewbacca oder Worf?«, fragte Florian.

»Selbstverständlich Worf – als Sicherheitschef der Enterprise«, sagte Simon.

»Chewie kann einem Sturmtruppler den Arm ausreißen.«

»Das Zottelvieh ist viel zu freundlich. Worf dagegen hat als Klingone Kriegerblut in den Adern.«

»Okay, der Punkt geht an dich.«

Hinter dem Hauptbahnhof begann die hell erleuchtete Innenstadt. Die Schaufenster und Leuchtreklamen der Geschäfte strahlten um die Wette. Simon ließ die Drohne einen weiten Kreis über die City fliegen.

»Wer hat die bessere Titelmelodie: ›Star Wars‹ oder ›Star Trek‹?«, fragte Florian.

»Tja, da kann ›Star Trek‹ nicht punkten, denn sie haben für fast jeden Film und jede Serie einen anderen Komponisten. Die *eine* einprägsame Titelmelodie gibt es nicht. Der Punkt geht an John Williams und seine Fanfaren für ›Star Wars‹.«

Die Drohne flog über das angestrahlte Rathaus und nach einer Rechtskurve über die Binnenalster. Auf einem Ponton in der Mitte stand ein großer Weihnachtsbaum mit tausenden funkelnden Lichtern. Nach dem Flug über die Kennedybrücke kamen das Hotel Atlantik und links daneben die dunkle Fläche der Außenalster in Sicht.

»Tolles Spielzeug. Kann man damit auch in Fenster spannen?«, fragte Florian.

»Klar«, antwortete Simon und steuerte die Drohne näher an das Hotel Atlantik heran.

In einem erleuchteten Zimmer im Dachgeschoss war ein Paar gerade dabei, sich gegenseitig auszuziehen.

»Heiß! Können wir davon ein Video machen?«

»Kein Problem«, sagte Simon.

Die Drohne schwebte vor dem Fenster, es füllte den ganzen Bildschirm aus. Der Mann war gerade dabei, der Frau den BH auszuziehen.

»Mann und Frau, wie langweilig«, kommentierte Simon.

»Das würde Cheng auch sagen, allerdings aus einem anderen Grund.«

»Vergleich mich nicht mit Cheng. Ich interessiere mich für Männer, Cheng macht sich gar nichts aus Sex.«

Die Frau half dem Mann gerade aus den Boxershorts.

»Dafür ist er ein genialer Hacker. Er wird bestimmt mal gut bezahlter IT-Sicherheitschef eines Großunternehmens«, meinte Florian.

»Wenn nicht vorher ein Sondereinsatzkommando unsere WG stürmt und ihn mitnimmt.«

»Irgendwie riecht es hier komisch«, bemerkte Florian.

Simon drehte sich zu ihrer Wohnung um. Aus dem Fenster kam dichter Rauch.

»Rotalarm! In der Küche brennt es!«

Simon drückte den Rückkehr-Knopf, durch den die Drohne automatisch zurückkehren würde.

Beide rannten in die Wohnung. Aus dem Backofen quoll dichter Rauch. Florian schaltete das Gerät aus und riss die Klappe auf. Ein Schwall Qualm kam ihm entgegen. Er nahm Ofenhandschuhe, zog das Backblech heraus und knallte es auf die Herdplatte. Die Pizza war mit einer schwarzen Kruste überzogen und stank erbärmlich.

»Schön knusprig, genau wie ich es mag«, sagte Florian.

36

Dutzende Segelboote lagen vertäut am Anleger. Ihre spitzen Masten durchstießen den bleiernen Novemberhimmel. Ketten klirrten und Seile knarrten, als die Boote hin und her schaukelten. Darüber kreisten ein paar Möwen auf der Suche nach Futter.

Professor Heckscher war vor dem Baulärm im Institut auf eine Bank am Alsterufer geflüchtet. Neben ihm saßen Florian und Saskia.

»Oberstaatsanwalt Brocks hat sich über euch beschwert«, begann Professor Heckscher.

Einen Augenblick lang hing eine gespannte Stimmung in der kalten Luft.

Dann grinste Falk Heckscher und sagte: »Wenn sich der Anklageverfasser über euch beschwert, habt ihr alles richtig gemacht. Schließlich ist es eure Aufgabe, den Finger in die offenen Wunden zu legen.«

Erleichtert atmeten Florian und Saskia auf.

»Also, Susi und Strolch, wie sieht es im Fall Virchow aus?«

»Wir haben Jans Vernehmungsprotokolle gründlich durchgelesen«, fing Saskia an. »Was er aussagte, hat er überwiegend den Medien entnommen. Das betrifft die Beschreibung von Nele, ihrer Kleidung und ihres Ranzens. All das konnte er problemlos der Suchmeldung entnehmen. Beim Tathergang ist er von der in den Medien verbreiteten Schilderung des Augenzeugen der Entführung ausgegangen und hat sich den Rest einfach ausgedacht. Jan hat kein Täterwissen.«

»Mangelndes Täterwissen ist ein Indiz für ein Falschgeständnis«, kommentierte Professor Heckscher. Er betrachtete Saskia, die sich frierend die Hände rieb. Sie wäre jetzt wohl lieber im Warmen gewesen. Ihm machte die Novemberkälte nichts aus.

»Jan Virchow hat ein Alibi. Zehn Minuten nach der Entführung hat er sein mündliches Examen angetreten. Wäre er der Entführer gewesen, hätte er es niemals rechtzeitig zur Prüfung geschafft«, führte Florian aus.

»Wobei besser wäre, wenn Virchow zum Entführungszeitpunkt schon in der Prüfung gesessen hätte«, sagte Professor Heckscher.

»Wir haben die angeblichen Knochenfragmente noch einmal von einer Osteologin untersuchen lassen«, sagte Saskia. »Es handelt sich nicht um Knochenstücke, sondern um verbranntes Holz mit Leim. Wahrscheinlich Möbelreste.«

»Das ist unglaublich. Damit bricht eine entscheidende Säule des Urteils gegen Virchow weg. Das habt ihr sehr gut gemacht.«

Florian und Saskia strahlten ihn an. Sie waren schon »sehr gut«. Trotzdem ging er mit Lob sparsam um, wohl damit sie nicht übermütig wurden.

»Wir haben die Patientenakte eingesehen. Die Medikation mit Benzodiazepinen stieg ständig an«, sagte Saskia.

»Die Psychopharmaka sind eine gute Erklärung für das Falschgeständnis. Darauf müssen wir den Wiederaufnahmeantrag aufbauen. Bekommt Virchow sie immer noch?«

»Wir haben Oberarzt Bartholdy dazu bewegen können, sie stufenweise abzusetzen. Jan jammert schon, es gehe ihm schlecht. Er bettelt nach mehr Benzos.«

»Virchow muss den Entzug durchstehen, bei einem neuen Prozess sollte er bei klarem Verstand sein. Ansonsten ist unsere Argumentation nicht glaubhaft.«

»Nach einer vorläufigen Einschätzung der Sach- und Rechtslage dürfte Jan nicht der Täter sein und wurde unschuldig verurteilt«, fasste Florian zusammen.

»Alle Achtung, Frolic-Stanzer, ein ganzer juristisch klingender Satz aus deinem Mund«, ätzte Professor Heckscher. »Ist schon mal ein guter Ausgangspunkt. Wenn wir sagen, Jan Virchow habe Nele nicht umgebracht, wird allerdings jeder fragen, was mit ihr geschehen ist.«

»Wir müssen leider davon ausgehen, dass Nele nicht mehr lebt. Sie ist seit einem Jahr verschwunden. Anhaltspunkte für einen Unfall gab es schon damals nicht. Lösegeldforderungen wurden nicht gestellt«, sagte Florian.

»Ich stimme Florian zu«, sagte Saskia. »Angesichts des Zeitablaufs müssen wir annehmen, dass Nele ermordet und ihre Leiche irgendwo versteckt wurde.«

»Dann würde ich vorschlagen, ihr macht euch auf die Suche nach dem Mörder.«

37

»Erzählen Sie uns von Ihrem Ex-Freund Hakan«, sagte Saskia. Sie waren wieder im Lord von Barmbeck, um dem Verdacht gegen den Stiefvater nachzugehen.

»Wir haben uns hier in der Kneipe kennengelernt«, sagte Susanne Dankers. »Hakan saß mit einer Cola am Ende des Tresens und beobachtete mich aufmerksam. Ich fühlte mich geschmeichelt, denn er war zehn Jahre jünger als ich und sah gut aus. Er hatte große braune Augen, glänzende schwarze Haare und war schlank. Nachdem wir ein paar Mal am Tresen Small Talk gemacht hatten, bot er mir an, mich nach Hause zu fahren. So kam eins zum anderen.«

»Wie ging es dann weiter?«, ermunterte Saskia sie.

»Wir waren verliebt. Er war sehr aufmerksam und liebevoll. Ich schwebte auf Wolke sieben. Nach drei Monaten zog er bei mir ein. Vorher hatte er bei seinen Eltern gelebt, die ein Obst- und Gemüsegeschäft besitzen.«

»Was arbeitet Hakan?«, fragte Florian.

»Er steht für seine Eltern an Obst- und Gemüseständen auf Wochenmärkten. Und bevor ihr es fragt: Dafür benutzt er einen weißen Transporter.«

»Das macht ihn verdächtig«, sagte Florian.

»Aber der siebte Himmel währte nicht ewig?«, gab Saskia das nächste Stichwort.

»Ein wunder Punkt war seine Eifersucht. Meine Arbeit in der Kneipe, bei der ich zwangsläufig mit anderen Männern Kontakt habe, hat ihn wahnsinnig gemacht. Er wollte, dass ich mir eine andere Arbeit suche.«

»Wie war sein Verhältnis zu Nele?«

»Nicht gut. Er reagierte auch eifersüchtig, wenn ich mich um sie kümmerte. Er wollte allein im Zentrum meiner Aufmerksamkeit stehen. In seinem Weltbild waren Töchter ohnehin nichts wert. Er wollte einen Sohn mit mir. Aus seiner Sicht störte Nele nur.«

Haben wir hier ein Mordmotiv? Die Beseitigung der im Wege stehenden Stieftochter?, überlegte Florian.

»Ein nettes Kerlchen. Warum sind Sie mit ihm zusammengeblieben?«, fragte Florian.

»Er hat mir ein Gefühl von Geborgenheit gegeben. Mein Vater starb, als ich zwölf war, und meine Mutter wurde Alkoholikerin. Hakan gab mir eine Schulter zum Anlehnen. Wenn er mich in seine starken Arme nahm, war die Welt in Ordnung.«

»Gab es Übergriffe sexueller Art auf Nele?«, fragte Saskia.

»Nicht dass ich wüsste.«

»Was heißt das?«

»Ich habe weder beobachtet, dass er Nele anfasste, noch hat sie mir etwas dergleichen erzählt.«

»Neigte er zur Gewalttätigkeit?«, fragte Florian.

»In seiner Jugend hat er Kampfsport gemacht, und manchmal genügte eine Kleinigkeit, um ihn völlig ausrasten zu lassen.«

»Ein Beispiel?«

»Ein Gast hat mit mir geflirtet und meine Hand getätschelt. Gerade als ich sie wegziehen wollte, kam Hakan herein, um mich abzuholen. Sekunden später lag der Mann mit gebrochener Nase auf dem Boden. Sollte er mich noch mal anfassen, würde er ihn umbringen.«

»War er auch Ihnen gegenüber gewalttätig?«

Susanne Dankers starrte auf den Tresen, es fiel ihr sichtlich schwer, darüber zu sprechen. »Ja, er hat mich geschlagen.«

Tränen schimmerten in ihren Augen.

Florian bemerkte, wie Saskia ihn ansah und andeutungsweise den Kopf schüttelte. Er fragte nicht weiter nach Schlägen durch Hakan.

»Sind Sie heute noch mit Hakan zusammen?«

»Nein, ich habe mich kurz nach Neles Verschwinden von ihm getrennt. Er wollte heiraten und einen Sohn zeugen, ich war einfach nur traurig und fertig. Als ich mich geweigert habe, hat er mich zusammengeschlagen. Da hat es mir gereicht, und ich habe den Schlussstrich gezogen.«

»Das hat Hakan akzeptiert?«

»Ich lag mit gebrochenen Rippen im Krankenhaus und habe ihn vor die Wahl gestellt. Entweder zieht er sofort aus und ich erkläre meine Verletzungen mit einem Treppensturz oder ich zeige ihn an, und die Polizei holt ihn aus meiner Wohnung.«

38

Die Grundschule Edwin-Scharff-Ring war in einem dieser typischen Plattenbauten vom Anfang der Siebzigerjahre untergebracht. Die fröhlich blauen Fenster kämpften vergeblich gegen das triste Grau der verwitterten Waschbeton-Fassade an.

Florian und Saskia betraten das Schulgelände gerade, als es zur großen Pause klingelte und Dutzende Schüler auf den Schulhof strömten. Sie fanden Kristina Sievers im Klassenzimmer, wo sie noch Einträge ins Klassenbuch vornahm. Die grüne Tafel hinter ihr war vollgeschrieben. Die hellgelb gestrichenen Wände harmonierten kaum mit dem grauen Linoleumboden.

»Haben Sie einen Moment Zeit?«, fragte Florian.

Kristina Sievers sah vom Klassenbuch hoch und musterte die Besucher kritisch. Sie hatte graue lange Haare, trug schwarze Kleidung und eine Kette mit einem großen Anhänger.

»Wir kommen vom Institut für Justizirrtümer und haben ein paar Fragen zu dem Fall Nele.«

»Nehmen Sie Platz. Ich dachte, der sei abgeschlossen?«, sagte Kristina Sievers.

Florian und Saskia setzten sich in der ersten Reihe auf die für sie viel zu kleinen Stühle.

»Zu Forschungszwecken analysieren wir abgeschlossene Fälle«, log Florian. Lehrer waren kritische Zeitgenossen, und sie wollten die Unterrichtspause für ihre Fragen nutzen und nicht mit einer Diskussion über ein mögliches Fehlurteil verschwenden.

»Was war Nele für eine Schülerin?«, fragte Saskia.

»Wir waren alle über Neles Entführung und Ermordung geschockt«, sagte Kristina Sievers. Florian schätzte sie auf Mitte fünfzig und ihren Unterrichtsstil auf liebevoll, aber streng ein.

»Nele war eine gute Schülerin, wenn auch ein wenig schüchtern. Sie meldete sich nicht oft, doch wenn ich sie so drannahm, wusste sie fast immer die richtige Antwort. Sie war beliebt in der Klasse und hilfsbereit.«

Kristina Sievers sah einen Augenblick traurig aus dem Fenster, bevor sie fortfuhr.

»Ich kannte Nele seit der Einschulung. Ein fröhliches Mädchen. Doch im letzten halben Jahr wirkte sie oft niedergeschlagen und unkonzentriert. Ich habe das Problemen in ihrem Elternhaus zugeschrieben.«

»Gab es sonst Auffälligkeiten in Neles Verhalten?«, fragte Saskia.

»Sie hat an den Nägeln gekaut und –«

Kristina Sievers schwieg.

»Und was?«, fragte Florian.

»Sie hat Männchen mit großen Genitalien gezeichnet, aus denen Flüssigkeit heraustropfte. ›Pimmel‹ schrieb sie neben die Bilder.«

»Davon haben Sie bei der polizeilichen Befragung nichts gesagt.«

»Ich war mir nicht sicher, ob das etwas bedeutete. Heutzutage finden schon Grundschüler sexuell besetzte Themen interessant. Sie glauben gar nicht, mit welchen Fäkalausdrücken Viertklässler um sich werfen.«

Ein nachdenklicher Ausdruck trat in ihr Gesicht.

»Später war ich auf einem Seminar über Kindesmissbrauch. Die Niedergeschlagenheit und die Bilder, die Nele gemalt hat, könnten ein Anzeichen für sexuellen Missbrauch gewesen sein. Ich habe mich gefragt, ob ich mir Vorwürfe machen musste. Aber der Täter war niemand aus Neles Umfeld, sondern ein Fremder.«

»Wenn wir den verurteilten Täter außer Betracht lassen, käme dann … rein hypothetisch … auch jemand aus Neles Umfeld in Betracht?«, fragte Saskia.

Kristina Sievers starrte auf den Tisch, schien zu überlegen.

»Neles Mutter hatte einen Lebensgefährten, der möglicherweise zu Gewalttätigkeiten neigte. Der Sportlehrerin sind ein paar Mal blaue Flecken aufgefallen. Nele hat die mit Stürzen erklärt.«

Die Schulglocke läutete zum Ende der Pause.

»Haben Sie die blauen Flecken auch gesehen?«, fragte Florian.

»Nein, aber der Kollege Bahlbeck. Er sprach mich darauf an, äußerte seine Besorgnis und fragte, ob mir Probleme in Neles Elternhaus bekannt seien.«

Vom Flur waren sich nähernde lärmende Kinder zu hören.

»Haben Sie den weißen Transporter gesehen?«, fragte Florian schnell.

»Nein, am Entführungstag konnte ich wegen des Nebels kaum die Hand vor Augen sehen. Auch in den Wochen davor ist mir kein weißer Transporter aufgefallen.«

Einige Schüler rannten in den Klassenraum. Florian und Saskia bedankten sich und bahnten sich durch die Woge hereinströmender Schüler einen Weg nach draußen.

39

Abends suchten Florian und Saskia ein großes L-förmiges Haus in Poppenbüttel auf. Das Weiß des Erdgeschosses kontrastierte angenehm mit dem Schwarz des ausgebauten Dachgeschosses. Das Grundstück war weitläufig und mit Bäumen, Büschen und Rasen bewachsen. Auf Google Maps hatten sie gesehen, dass es hinten am Alsterlauf endete.

»Sieht aus wie dein Elternhaus. Hoffentlich ist es darin nicht genauso frostig«, sagte Florian.

Saskia warf ihm einen finsteren Blick zu.

Nachdem Florian geklingelt hatte, ging Licht in der Diele an und die Haustür wurde geöffnet.

»Ja, bitte?«, fragte Jasper Bahlbeck. Er hatte blonde Haare und trug eine randlose Brille. Mit seinen weichen Gesichtszügen erinnerte er Florian an den Schauspieler Jeff Daniels, der ursprünglich Lehrer werden wollte. Bahlbeck trug einen dunkelgrünen Pullover zu einer braunen Cordhose. »Wir sind Jurastudenten und interessieren uns für den Fall Nele. Wir würden Ihnen gern ein paar Fragen dazu stellen«, sagte Saskia.

»Kommen Sie rein«, bat Jasper Bahlbeck freundlich.

Florian sah sich in dem großen Haus um, das hochwertig eingerichtet war. Eine Nummer zu groß für ein Lehrergehalt.

Der Hausherr führte sie in das Kaminzimmer. Sie nahmen auf der Ledercouch Platz, Jasper Bahlbeck setzte sich auf einen Ledersessel quer zum Tisch. Die Wände waren holzvertäfelt, die Decke war mit Stuck verziert, und auf dem Boden lagen edle persische Teppiche. Das Kaminfeuer schuf eine behagliche Atmosphäre.

»Kann ich Ihnen etwas zu trinken anbieten?«, fragte Bahlbeck.

»Nein danke, wir haben nur ein paar kurze Fragen und sind gleich wieder weg«, gab Saskia zurück.

»Der Mord an Nele war eine furchtbare Geschichte. Es war das erste Mal, dass eine unserer Schülerinnen Opfer eines Gewaltverbrechens geworden ist.« In seine sanfte Stimme mischte sich Trauer.

»Wie gut kannten Sie Nele?«, fragte Saskia.

»Nur vom Schulhof. Sie war nie in einer meiner Klassen.«

»Haben Sie mal mit irgendwem über sie gesprochen?«

Von draußen war das Geräusch eines ankommenden Autos zu hören. Wie Brandung knirschte Kies unter den Reifen.

»Ja, ich habe mich bei ihrer Klassenlehrerin nach Neles familiären Verhältnissen erkundigt, nachdem mir bei der Hofaufsicht mehrfach Hämatome an ihren Armen und Beinen aufgefallen waren. Frau Sievers erzählte mir etwas von einem neuen Freund der Mutter, der möglicherweise gewalttätig sein konnte.«

»Und weiter?«

Florian und Saskia hörten, wie die Haustür aufgeschlossen wurde.

»Weiter nichts. Nele hat die blauen Flecken damit erklärt, gestürzt zu sein, und ein anderes Mal, sich an etwas gestoßen zu haben, und ich hatte keinen Anlass, mich da weiter einzumischen.«

Jennifer Bahlbeck kam ins Kaminzimmer: »Du hast Besuch?«

Sie begrüßte ihren Mann mit Umarmung und Kuss, eine große, elegant gekleidete Frau mit langen schwarzen Haaren. Allein um ihre Handtasche kaufen zu können, hätte Florian einen Monat Taxi fahren müssen. Sie musste wie ihr Mann Mitte dreißig sein.

»Das sind Jurastudenten, die sich mit dem Fall Nele beschäftigen. Du weißt schon, das ist das verschwundene Mädchen von unserer Schule.«

Frau Bahlbeck setzte sich neben ihren Mann.

»Ist Ihnen am Entführungstag irgendetwas Ungewöhnliches aufgefallen? Ein weißer Transporter zum Beispiel?«, fragte Florian.

»Dazu kann ich nichts sagen, an dem Tag lag ich mit Fieber im Bett«, sagte Bahlbeck.

40

Der Isemarkt galt als einer der schönsten Wochenmärkte in Hamburg. Er lag malerisch unter dem Hochbahnviadukt zwischen noblen Jugendstilhäusern in Eppendorf. Die Stahlkonstruktion bot den Besuchern ein schützendes Dach.

Florian und Saskia schlenderten über den Markt. Die mehr als zweihundert Händler boten von Obst und Gemüse über Fisch und Fleisch bis hin zu Kuchen und Bonbons alles an, was das Genießerherz begehrte.

»Ein Kilo Äpfel drei Euro«, hörten sie Hakan Aldag schon von Weitem rufen. Florian knuffte Saskia und nickte in Richtung des hinter dem Stand geparkten weißen Ford Transit. Auf der Seite trug er die Aufschrift: »Obst- und Gemüsehandel Aldag«.

Sie blieben vor der Obst- und Gemüseauslage stehen. Auf fünf Metern Länge wurde eine Auswahl an heimischem Gemüse bis hin zu exotischen Obstsorten angeboten. Alles wirkte sehr frisch.

»Zwei Kilo Äpfel nur fünf Euro«, schrie Hakan.

Er hatte eine Hakennase, frisch gegeltes Haar und eine grüne Schürze über seiner schwarzen Jeans.

»Der sieht aus wie Elyas M'Barek in ›Fack ju Göhte‹«, raunte Florian Saskia zu.

»Nicht ganz, aber ich kann verstehen, warum Frau Dankers ihm verfallen ist. Allein diese braunen Augen.«

Sie traten an den Stand.

»Hier, probieren«, sagte Hakan und hielt ihnen zwei Äpfel hin, die sie annahmen.

Nachdem jeder einen Bissen probiert hatte, sagte Hakan: »Jeder ein Kilo zusammen fünf Euro, okay?«

»Wir nehmen nur ein Kilo«, sagte Saskia und zog die Geldbörse aus ihrer Handtasche.

»Sie sind öfter hier?«, fragte Florian.

»Immer dienstags und freitags von acht bis vierzehn Uhr.«

»Schon lange?«

»Seit zehn Jahren.«

Saskia bezahlte und nahm die Tüte Äpfel entgegen.

»Tschüss«, verabschiedeten sie sich.

»Neles Entführung war an einem Freitag um sieben Uhr fünfzig«, sagte Florian, nachdem sie sich ein paar Meter entfernt hatten. »Wenn Hakan an dem Tag hier seinen Stand hatte, kann er Nele schlecht entführt haben.«

»Wir fragen am besten beim Marktleiter nach«, schlug Saskia vor.

Sie fanden ihn am Eingang des Wochenmarktes. Der grau melierte Endfünfziger trug eine schwarze Jacke und ein hellblaues Hemd. Er hatte eine Mappe in der Hand.

»Moin«, begrüßte Florian ihn. »Sagen Sie mal, ist Aldags Gemüsestand immer hier?«

»Ja, der kommt schon seit vielen Jahren.«

»Macht immer Hakan den Stand, oder auch mal jemand anders?«

»In den ersten Jahren hat sein Vater mitgeholfen. Dem soll es gesundheitlich aber nicht mehr gut gehen. In den letzten zwei, drei Jahren habe ich nur Hakan hier gesehen.«

»Wann bauen die Händler ihre Stände auf?«, fragte Saskia.

»Ab sieben Uhr. Weil es ein ziemliches Rangieren ist, die Fahrzeuge unter das Viadukt zu bekommen, kommen eigentlich auch alle immer pünktlich.«

»Dann könnte Hakan ein Alibi haben«, flüsterte Florian Saskia zu.

»Würden Sie merken, wenn Aldags Gemüsestand an einem bestimmten Tag fehlt oder Hakan von jemand vertreten wird?«, fragte Saskia.

»Bei über zweihundert Händlern? Sicher nicht.«

41

»›Verhaften Sie die üblichen Verdächtigen!‹ Aus welchem Film stammt dieses Zitat?«, fragte Florian.

»Aus ›Casablanca‹«, antwortete Saskia, die ihm gegenüber am Schreibtisch im Institut saß.

»Richtig. Wo war noch die Liste mit den Verdächtigen?«

»Was sagst du zu Hakan?«

»Er kann ein Alibi haben oder auch nicht. Das lässt sich bei gut zweihundert Händlern auf dem Isemarkt ein Jahr danach nicht mehr sicher feststellen.«

»Glaub ich auch. Wollen wir weiter in seine Richtung ermitteln?«

Florian überlegte einen Augenblick.

»Ich sehe da momentan keine weiteren Ermittlungsansätze. Wir sollten uns besser nach anderen Verdächtigen umschauen. Also wo ist die Liste?«

Saskia zog eine Akte aus dem Stapel und fing an, darin zu blättern.

»Hier«, sagte sie schließlich und zeigte auf eine Exceltabelle. Die Kripo hatte eine Datenbankabfrage nach Tätern von sexuellem Missbrauch von Kindern gemacht. In der dreiseitigen Liste waren achtzig Namen aufgelistet.

Florian stand auf, zog seinen Drehstuhl hinter sich her und setzte sich neben Saskia.

Zusammen lasen sie die Liste durch.

»Wie wollen wir die Sache angehen?«, fragte Florian.

»Nach einer Studie des Bundeskriminalamts leben zweiundsechzig Prozent der Sexualmörder in einem Umkreis von fünf Kilometern vom Tatort«, sagte Saskia.

Florian ging diese Exaktheit auf die Nerven. Während er sich mehr mit gefühltem Wissen begnügte, konnte sie stets konkrete Fakten anführen.

»Dann lass uns mal schauen.« Florian fuhr mit dem Zeigefinger die Adressspalten entlang. »Keiner der Vorbestraften wohnt an Neles Schulweg oder auch nur in Steilshoop.«

»Wer ist am nächsten dran?«, fragte Saskia.

»Der hier«, sagte Florian und tippte mit dem Finger auf den Eintrag. »Sven Rattke wohnt in Bramfeld, das ist vier Kilometer von Neles Schulweg entfernt.«

»Also im Umkreis von fünf Kilometern vom Tatort.«

»Ja, lass uns mal schauen, was seine Überprüfung ergeben hat.«

Die Kripo hatte alle achtzig Vorbestraften überprüft und jeweils einen Vermerk über sie angefertigt.

Florian blätterte in der Akte.

»Hier ist er«, sagte er, nachdem er den Vermerk gefunden hatte.

»Sven Rattke ist Klempner. Er hat ein Haus in Bramfeld, in dem sich seine Firma und seine Wohnung befinden. Und er besitzt einen Ford Tourneo.«

»Was ist das für ein Auto?«

»Ein Kastenwagen, wie ihn Handwerker oft nutzen.«

»Wir suchen aber nach einem Ford Transit.«

»Vielleicht hat sich der Mitschüler geirrt«, sagte Florian schulterzuckend. »Ein Neunjähriger wird beide Modelle vielleicht nicht auseinanderhalten können.«

Saskia las weiter und sagte: »Das hier ist interessant. Die Kripo hat ihm einen Hausbesuch abgestattet. Im Hintergrund hätten zwei Kampfhunde laut gebellt. Rattke hat freundlich Auskunft erteilt. Nein, er kenne Nele Dankers nicht und habe erst recht nichts mit ihrer Entführung zu tun. Wegen seiner bissigen Hunde wollte er nicht, dass die Beamten in sein Haus eintraten. Er habe ihnen aber den Ford Tourneo aufgeschlossen, in dem bis unters Dach Werkzeuge und Material für Klempnerarbeiten gestapelt waren. Die Beamten sind dann wieder gegangen.«

Florian schüttelte den Kopf. »Vielleicht hat Nele zu dem Zeitpunkt noch gelebt und wurde in dem Haus gefangen gehalten. Und die Kripo geht einfach wieder.«

»Anhaltspunkte für eine Täterschaft Rattkes konnten nicht ermittelt werden«, las Saskia den Schlusssatz vor.

»Weswegen genau ist er vorbestraft?«, fragte Florian.

Saskia blätterte weiter. »Hier ist eine alte Vorstrafe wegen des Besitzes von Kinderpornografie. Dafür hat er eine Geldstrafe bekommen. Dann das aktuelle Urteil. Er hat eine Elfjährige auf dem Schulweg entführt. Sie hat aus dem Transporter heraus mit ihrem Handy den Notruf gewählt und wurde von der Polizei gerettet, bevor er sich an ihr vergehen konnte.«

»Nur zwei Jahre auf Bewährung wegen Freiheitsberaubung hat er dafür bekommen«, sagte Florian fassungslos.

»Das ist der gleiche Modus Operandi«, konstatierte Saskia.

42

Florian und Saskia fanden Sven Rattkes Haus in einem gemischten Wohn- und Gewerbegebiet in Bramfeld. Links daneben stand ein weiteres Einfamilienhaus, rechts befand sich ein Gebrauchtwagenhandel. Rattkes Haus aus rotem Backstein stammte vom Anfang der Siebzigerjahre. Die Doppelgarage rechts daneben war zur Klempnerfirma ausgebaut worden. Davor stand der weiße Ford Tourneo. War Nele mit diesem Hundefänger entführt worden?

Als Saskia die Klingel drückte, schlugen drinnen zwei Hunde an.

Sven Rattke öffnete die Haustür. Er hatte kleine braune Augen, ein fleischiges Gesicht mit einem ungepflegten Fünftagebart, wog geschätzte hundertzwanzig Kilo und hatte nikotingelb verfärbte Finger. Er trug einen schmuddeligen hellgrauen Jogginganzug.

»Was wollt ihr?«, fragte er und musterte beide argwöhnisch. Ihm war anzusehen, dass er sie nicht für potenzielle Kunden hielt.

Die Hunde waren nicht zu sehen, bellten aber weiter.

»Guten Abend, wir kommen von der Universität Hamburg und haben ein paar Fragen zu dem Fall Nele Dankers«, sagte Saskia.

»Kenn ich nicht.«

»Das neunjährige Mädchen wurde vor einem Jahr in Steilshoop entführt«, sagte Florian.

»Was habe ich damit zu tun?«

Florian sah ihn scharf an und musste spontan an Johnny Depps Worte in »Don Juan DeMarco« denken: *»Dies wäre ein hervorragender Zeitpunkt zum Lügen gewesen, doch Aufrichtigkeit ist eine schlimme Angewohnheit.«*

»Aufgrund Ihrer Vorstrafe und Ihres Ford Tourneo gehörten Sie zum Kreis möglicher Verdächtiger.«

Florian hatte die Worte kaum ausgesprochen, da verzerrte sich Rattkes Gesicht zu einer wütenden Grimasse.

»Verschwindet! Runter von meinem Grundstück.«

Die Tür flog ins Schloss.

Florian und Saskia verließen das Grundstück und gingen zu ihrem VW Beetle, der vor dem Nachbargrundstück geparkt war.

»Ein nur mäßig sympathischer Zeitgenosse«, sagte Florian.

»Und dazu noch wenig auskunftsfreudig«, ergänzte Saskia.

»Vielleicht war es ein Fehler, Rattke mit dem Verdacht gegen ihn zu konfrontieren.«

»Ich will die Leute aber nicht jedes Mal über unser Anliegen anlügen müssen.«

Vor Saskias Auto fegte ein Rentner Laub zusammen. Er hatte graues Haar, ein faltiges Gesicht und lebhafte blaue Augen.

»Kommen Sie vom Ordnungsamt?«, sprach er Saskia an. »Mein Name ist Dietmar Rathmann. Ich hatte Ihnen geschrieben.«

Saskia musste schlucken. Sie trug einen dunkelblauen Hosenanzug mit weißer Bluse. Sie wollte für eine aufstrebende Juristin und nicht für eine Politesse gehalten werden.

»Nein, wieso?«

»Wegen der Hunde. Sie bellen Tag und Nacht. Ich beschwere mich seit Jahren über sie – erfolglos.«

»Tut uns leid. Dabei können wir Ihnen nicht helfen«, sagte Saskia. Sie drückte auf den Knopf ihres Schlüssels, woraufhin die Blinker ihres Autos kurz aufleuchteten.

Saskia und Florian waren gerade im Begriff, ins Auto einzusteigen, da sagte der Nachbar:

»Letztes Jahr hatte ich schon gehofft, einer der Kläffer sei verreckt, als Rattke eine Grube auf seinem Grundstück ausgehoben hat.«

Beide blieben stehen.

»Bitte was?«, fragte Florian.

»Er hat hinten auf seinem Grundstück eine Grube ausgehoben. Sah aus wie ein Grab. Am nächsten Tag war sie wieder zu, aber ich habe beide Köter danach lebend gesehen.«

»Wie groß war die Grube?«

»Etwa ein.einhalb Meter lang und einen breit.«

Florian und Saskia sahen den Rentner entsetzt an.

Ein Kindergrab?

43

Nachdem Florian an die Tür von Kriminalkommissar Michaelis im Polizeipräsidium geklopft hatte, rief von drinnen eine Stimme »Herein«.

Florian und Saskia traten ein.

»Was wollen Sie schon wieder hier?« Kommissar Michaelis klang unfreundlich. Der Vierzigjährige hatte hellbraune, vorn schon etwas schüttere Haare und trug eine silberne Nickelbrille sowie ein Tweedsakko.

Seine Reserviertheit war verständlich. Er hatte die Ermittlungen gegen den Polizisten Hoffmann geleitet, die zu dessen Verurteilung wegen Mordes geführt hatten. Saskia und Florian konnten vor einem halben Jahr eine Reihe Ermittlungsfehler aufdecken und schließlich eine Aufhebung des Fehlurteils erreichen. Michaelis' Karriere hatte dadurch einen Knick bekommen.

»Wir befassen uns mit dem Fall des entführten Mädchens Nele Dankers«, sagte Saskia.

Michaelis deutete auf die Besucherstühle vor seinem Schreibtisch. Saskia und Florian setzten sich. Das Büro mit der üblichen funktionalen Ausstattung, weißen Wänden und hellgrauer Möblierung, war ihnen noch gut in Erinnerung.

»Für die Tat ist Jan Virchow, ein angehender Jurist wie Sie, rechtskräftig verurteilt worden. Falls Sie mir wieder Ermittlungsfehler nachweisen wollen, sind Sie auf dem Holzweg. Er hat die Tat aus freien Stücken gestanden.«

Zufrieden lehnte sich Michaelis auf seinem Chefsessel zurück.

»Jan Virchow hat sein Geständnis inzwischen widerrufen«, sagte Florian.

»Ach ja.«

»Dafür können Sie aber nichts. Als er gestanden hat, stand er unter dem massiven Einfluss von Psychopharmaka«, sagte Saskia diplomatisch.

»Und was wollen Sie jetzt von mir?«, fragte Michaelis gereizt.

»Sie und Ihre Kollegen hatten damals die Halter von weißen Transportern überprüft, darunter auch einen Sven Rattke«, sagte Florian.

»An die Halterüberprüfung erinnere ich mich, an einen Rattke ehrlich gesagt nicht.«

»Er ist ein Klempner aus Bramfeld«, sagte Florian.

Saskia schob ihm den Ermittlungsbericht über den Schreibtisch, den Michaelis sich kurz ansah.

»Langsam dämmert es mir«, sagte er.

»Rattke ist wegen der Entführung eines Mädchens einschlägig vorbestraft«, ergänzte Florian.

»Sie wollen uns vorwerfen, dass wir nicht in Rattkes Haus reingegangen sind und es durchsucht haben?«, fragte Michaelis mit hochgezogenen Augenbrauen. »Nein, die Kripo hat damals alles richtig gemacht«, beruhigte Saskia. »Es gab zu dem Zeitpunkt keinen Anfangsverdacht, der zu einer Hausdurchsuchung berechtigt hätte.«

Kommissar Michaelis entspannte sich ein wenig.

»Aber jetzt besteht ein Anfangsverdacht gegen Rattke. Sein Nachbar Dietmar Rathmann hat beobachtet, wie er kurz nach der Entführung von Nele auf seinem Grundstück eine Grube ausgehoben hat, die wie ein Grab aussah«, erklärte Saskia.

»Abgesehen von dem Knochenstück wurde Neles Leiche nie gefunden«, überlegte Michaelis laut.

»Wir haben die angeblichen Knochenfragmente noch einmal untersuchen lassen«, sagte Saskia und schob den Untersuchungsbericht über den Schreibtisch. »Das sind keine Knochenstücke, sondern verbranntes Holz mit Leim. Wahrscheinlich Möbelreste.«

Kommissar Michaelis überflog den Bericht.

»Okay, dem werde ich nachgehen müssen«, sagte er widerwillig.

44

Die Durchsuchung sollte morgens um sieben Uhr beginnen.

Florian und Saskia warteten vor Sven Rattkes Haus. Vier Polizeifahrzeuge fuhren vor. Kommissar Michaelis begab sich mit einem Durchsuchungsbeschluss und mehreren Kollegen zur Haustür. Die Hunde schlugen an, noch bevor er geklingelt hatte. Nach kurzem Wortwechsel mit Sven Rattke drangen sie in das Haus ein und durchsuchten es.

Florian und Saskia mussten draußen bleiben. Michaelis hatte ihnen klar zu verstehen gegeben, sie dürften den Einsatz nur beobachten, nicht daran teilnehmen.

»Ihr seid also doch vom Ordnungsamt«, sagte Dietmar Rathmann, der sich zu ihnen gesellte. »Endlich passiert hier mal was.«

Saskia rollte mit den Augen. »Nein, wir sind Jurastudenten.«

»Egal, aber ihr habt der Polizei einen Tipp gegeben. Ich wurde schon im Präsidium vernommen. Ich musste eine Lageskizze mit dem Grab zeichnen.«

Nach einer halben Stunde kam Kommissar Michaelis heraus und trat zu Saskia, Florian und Dietmar Rathmann.

»Auf seinem Computer sind jede Menge Kinderpornos. Rattke steht unter Bewährung. Wir nehmen ihn zur Vernehmung mit.«

Hinter Michaelis wurde Rattke von zwei Beamten in einen Streifenwagen verfrachtet. Er warf Florian und Saskia einen giftigen Blick zu.

»Abgesehen davon haben wir im Haus keine Spur von Nele gefunden.«

Florian und Saskia sahen bekümmert zu dem Haus hinüber. Die meisten Kinder wurden kurz nach ihrer Entführung umgebracht. Aber dann gab es auch Fälle wie den der Natascha Kampusch, in denen der Täter sein Opfer jahrelang gefangen hielt. Wider alle Wahrscheinlichkeit hatten sie gehofft, Nele würde in dem Haus lebend gefunden werden.

»Jetzt suchen wir nach dem Grab.«

»Wollt ihr nicht mit zu mir kommen? Da könnt ihr den Garten besser sehen«, schlug Dietmar Rathmann vor.

Florian und Saskia folgten ihm auf sein Grundstück.

Während die Vorderseite von Rattkes Haus ordentlich und gepflegt aussah, erwies sich der Garten als das Gegenteil. Büsche, Sträucher und Unkraut wucherten wild, und der Rasen war viel zu hoch. Auf den vermoosten Waschbetonplatten der Terrasse standen ein großer Grill sowie ein Tisch mit vier Stühlen aus billigem weißem Plastik. An der Terrassentür stapelten sich drei Bierkästen mit Leergut.

»Dieser Garten ist eine Schande für die Nachbarschaft. Als sie noch lebte, hat seine Mutter sich darum gekümmert. Doch seit ihrem Tod bleibt der Garten sich selbst überlassen«, sagte Rathmann.

»Er hat hier mit seiner Mutter zusammengelebt? Hatte er nie eine Frau?«, fragte Saskia.

»Seine Mutter wohnte im ersten Stock, er im Erdgeschoss. Eine Frau habe ich hier nie gesehen. Nach dem Tod der Mutter hat er sich diese Köter angeschafft.«

Die drei gingen weiter am Maschendrahtzaun entlang.

»Schaut nur, wie verrostet der Zaun ist, aber er gehört Rattke, und er will ihn nicht erneuern.«

Hinten auf Rattkes Grundstück stand ein Geräteschuppen. Links daneben lagen alte Heizkörper, Waschbecken, Bade- und Duschwannen nebst vielen Rohren.

»Dieses Gerümpel ist wirklich ein Fall fürs Ordnungsamt. Darum solltet ihr euch mal kümmern.«

»Wir sind nicht vom Ordnungsamt«, sagte Saskia genervt.

Ein Polizeibeamter ging mit einem Leichenspürhund auf das Grundstück. Die im Haus eingesperrten Kampfhunde bellten hysterisch, als sie den fremden Hund in ihrem Revier witterten. Der Hundeführer hatte den Belgischen Schäferhund an der kurzen Leine, die der Spürhund mit gereckter Schnauze augenblicklich spannte. Mit der Nase dicht über dem Boden begann er den Garten abzusuchen. Dann beschleunigte er plötzlich und zog den Polizisten hinter sich her, der nur mit Mühe Schritt hielt. Hinten auf dem Grundstück, rechts von dem Gartenhaus und nahe der Hecke zum anderen Nachbarn blieb der Spürhund stehen und schnupperte hektisch am Boden. Dann stieß er den Hundeführer mit der Schnauze gegen das Bein und sah zu ihm hoch, woraufhin dieser die Stelle mit einer roten Fahne markierte.

»Genau dort hatte er die Grube ausgehoben«, rief Herr Rathmann.

Die Polizisten versammelten sich um die Stelle und beratschlagten sich.

Die nächste halbe Stunde tat sich nichts. Dietmar Rathmann nutzte die Chance und befragte Florian und Saskia nach seinen rechtlichen Möglichkeiten gegen Rattke. Das war der Preis für den Logenplatz.

Dann rollte ein orangefarbener Minibagger mit schwarzem Führerhaus in den Garten. Er wurde von einem Bauarbeiter gesteuert. Die Polizisten wollten den Garten offenkundig nicht selbst umgraben.

»Klein, aber laut«, kommentierte Rathmann den Lärm des Dieselmotors.

Michaelis zeigte dem Baggerfahrer die fragliche Stelle. Dann zogen er und seine Kollegen sich zurück.

Der Minibagger bäumte sich auf, als seine Schaufel in den Rasen hieb. Das aufgenommene Stück Gras und Erde legte er links ab. Nachdem der Baggerführer eine zwei mal einen Meter große Fläche Rasen abgetragen hatte, wurde es leichter. Der Bagger fuhr vor und zurück, drehte sich und ruckelte. Jedes Mal, wenn er eine Ladung Erde heraushob, heulte der Motor auf. Schaufel um Schaufel wuchs der Berg neben der Grube.

Florian und Saskia, Rathmann, Michaelis und die anderen Polizisten sahen mit wachsender Spannung zu.

Nach zehn Minuten erstarb das Röhren des Dieselmotors, der Baggerführer riss die Tür auf und hob eine Hand.

Michaelis und seine Kollegen liefen zu der Grube und sahen hinein. Zwei Polizisten hoben einen blauen Müllsack heraus und legten ihn auf den Rasen. Sie beugten sich darüber und öffneten seine Kordel.

Florian und Saskia reckten die Köpfe, konnten auf die Entfernung aber nicht erkennen, was sich darin befand.

Nach gefühlt endlosen Minuten kam Kommissar Michaelis zum Zaun. Er war weiß im Gesicht.

»Wir haben die Leiche eines Mädchens gefunden.«

45

Florian war, als läge ein bleischweres Gewicht auf seiner Brust. Es raubte ihm regelrecht den Atem. Ihm gegenüber im Institut saß Saskia, die ihren Kaffeebecher umklammerte. Sie hatte gerötete Augen.

»Ein ganz kleines bisschen hatte ich auf ein Wunder gehofft, wie bei Natascha Kampusch«, sagte Florian mit brüchiger Stimme.

»Die Hoffnung stirbt zuletzt. Jetzt haben wir wenigstens Gewissheit, was mit Nele passiert ist. Nachdem seine erste Entführung eines Mädchens gescheitert war, hat Rattke sich Nele geschnappt, sie umgebracht und in seinem Garten verscharrt«, sagte Saskia. Ihr Tonfall war monoton.

»Mir tut sie so leid. Sie hatte ihr ganzes Leben vor sich und – wurde von einem Kinderschänder weggefangen. Ich mag mir gar nicht vorstellen, welche Perversitäten er mit ihr angestellt hat, bevor er sie umbrachte.«

Das Telefon läutete. Doch beiden war jetzt nicht nach einem Telefonat zumute. Nach dem siebten Klingeln verstummte es.

»Was mag sie während ihrer letzten Minuten empfunden haben?«, fuhr Florian fort.

»Quäl dich nicht weiter. Auch wenn der Leichenfund sehr traurig ist, er bringt uns im Fall Virchow doch voran. Wir haben den wahren Täter.«

Florian sah Saskia verständnislos an. Wie konnte sie nur immer so sachlich sein?

Franziska Horstkotte steckte den Kopf zur Tür herein. Mit ihrem bleichen Gesicht und dem schwarzen Kleid passte sie zur Stimmung. Sie sah jeden Tag so aus, als habe sie gerade einen Todesfall in der Familie.

»Was ist?« Florian schaute sie genervt an.

»Ein Kommissar Michaelis hat versucht, euch zu erreichen, und bittet um Rückruf.«

»Danke.«

Franziska Horstkotte verschwand wieder.

Saskia wählte die Nummer von Kommissar Michaelis und stellte laut.

»Es gibt Neuigkeiten.« Michaelis klang ernst. »Rattke hat den Mord an dem Mädchen gestanden.«

Florian und Saskia sahen sich an. Es war so schlimm, wie sie befürchtet hatten.

»Es ist aber nicht Nele«, fügte Michaelis hinzu.

Florian und Saskia starrten entsetzt das Telefon an.

»Die Leiche war schon augenscheinlich nicht die von Nele, sie hat eine andere Augen- und Haarfarbe. Außerdem haben wir einen Bibliotheksausweis bei ihr gefunden. Es ist die vermisste Vanessa Dobrink aus Altona.«

»Das ist sicher?«, fragte Florian.

»Letzte Klarheit wird die Obduktion bringen. Aber um Nele handelt es sich auf keinen Fall.«

Kommissar Michaelis bedankte sich noch für den Hinweis, der zur Aufklärung eines Verbrechens und der Ergreifung des Täters geführt hatte, und beendete das Gespräch.

»Also sind wir in unserem Fall keinen Schritt weiter«, stellte Saskia bitter fest.

46

Sie lag auf dem Rücken und starrte nach oben in die Finsternis. Nichts war zu sehen. Kein Lichtstrahl drang in ihr Gefängnis. Außer dem Surren des Ventilators war nichts zu hören. Das Dauergeräusch sägte an ihren Nerven. Trotz Ventilator roch es muffig und nach Toilette. Unter ihren Händen spürte sie den rauen Stoff der Matratze.

Ab und zu polterte es über ihr. Der etwa sechs Quadratmeter große Raum hatte kein Fenster. Sie war in einem Keller, das hatte sie schnell begriffen. Der einzige Ausgang aus ihrem Verlies war eine abgeschlossene massive Stahlluke in etwa einem Meter Höhe.

Jeden Morgen erwachte eine Leuchtstoffröhre an der Decke summend zum Leben, und eine Person brachte Frühstück. Sie nannte sie die *Maske*, weil sie immer eine weiße Maske trug.

In dem Kellerraum mit seinen nackten Betonwänden standen ein Kinderbett, ein Schreibtisch mit einem kleinen Fernseher darauf, ein Stuhl, eine Kommode und eine Chemietoilette. An der niedrigen Decke hing eine Kamera. Sie fühlte sich ständig beobachtet, bis in den Schlaf hinein.

Wie lange war sie schon in diesem Verlies? Sie wusste es nicht, hatte ihr Zeitgefühl verloren. Waren es Wochen, Monate oder schon ein Jahr? Die Tage vergingen quälend langsam. Die

Maske kam morgens und abends und versuchte, sie in Gespräche zu verwickeln. Doch sie antwortete immer nur kurz angebunden. Ihre ausschließliche Beschäftigung bestand aus Fernsehen und Malen.

Die Ungewissheit war das Schlimmste. Wie ging es Mama? Sie war bestimmt außer sich vor Sorge gewesen, als sie verschwand, und hatte die Polizei eingeschaltet. Sicher hatten sie fieberhaft nach ihr gesucht, es aber irgendwann aufgegeben. Sie musste schon eine ganze Weile hier eingesperrt sein, und längst würde niemand mehr nach ihr suchen.

Würde sie für immer hier eingesperrt bleiben?

47

»Also, Hänsel und Gretel, habt ihr das Hexenhaus gefunden?«, fragte Professor Heckscher. Florian und Saskia saßen vor seinem Schreibtisch im Institut.

»Leider nein, sowohl der Verdacht gegen den Stiefvater Aldag als auch der gegen den vorbestraften Rattke haben sich nicht bestätigt«, fasste Florian zusammen. Er erzählte von dem Fund der Kinderleiche, bei der es sich aber nicht um die von Nele handelte.

»Suboptimal. Wir sollten langsam mal den Wiederaufnahmeantrag stellen. Wie lauten die Voraussetzungen dafür bei einem Geständniswiderruf?«

»Wir müssten eine einleuchtende Erklärung abgeben, aus welchem Grund ein falsches Geständnis abgegeben worden ist und warum dessen Widerruf so spät erfolgte.« Saskia glänzte.

»Richtig. Und warum verlangt die Rechtsprechung das?«

»Wenn jemand erst gesteht und dann widerruft, ist das ein widersprüchliches Verhalten, das erklärt werden muss«, sagte Florian.

»Das geht in die richtige Richtung. Was wäre denn die Folge, wenn Geständnisse beliebig widerrufen werden können?«

154

»Auch rechtskräftige Urteile würden unter der Bedingung des fortdauernd aufrechterhaltenen Geständnisses stehen«, sagte Saskia.

»Genau! Wer aufgrund seines Geständnisses verurteilt wird, der kann über sein Geständnis nicht mehr willkürlich verfügen.«

»Die Psychopharmaka sind aber eine gute Erklärung für das Falschgeständnis«, sagte Florian.

»Ich habe Zweifel, ob die Psychopharmaka ausreichen werden«, sagte Professor Heckscher bedächtig. »Dass jemand bereit ist, sich unschuldig wegen Kindesmordes zu Lebenslänglich verurteilen zu lassen, nur um Aufmerksamkeit und mehr Medikamente zu bekommen, ist mäßig überzeugend.«

»Wir glauben Jan aber, dass es genau so war und er unschuldig in der Psychiatrie eingesperrt ist«, sagte Florian.

»Die Richter werden sich nicht nur fragen, ob Virchow damals unzurechnungsfähig war, sondern auch, wie es heute damit steht. Wenn sie ihn generell für bemackt halten, werden sie ihm auch seinen aktuellen Geständniswiderruf nicht abkaufen.«

Florian und Saskia sahen Professor Heckscher ratlos an.

»Die Richter werden auch davor zurückscheuen, Virchow freizusprechen, wenn dadurch der Mord an Nele wieder als unaufgeklärt gilt.«

»Das ist doch kein juristisches Argument«, wandte Saskia ein.

»Nein, aber Richter sind auch nur Menschen. Gerade wenn ein Fall nicht so glasklar ist, können auch Emotionen in die Entscheidungsfindung hineinspielen. Mit der Verurteilung von Virchow ist der Mord an Nele aufgeklärt, und das ist für die Justiz befriedigend. Mit einem Freispruch ist der Mord wieder ungesühnt, und das ist unbefriedigend.«

Professor Heckscher dachte nach.

»Also, ihr Sandkastenjuristen, wir fahren zweigleisig. Wir beantragen die Wiederaufnahme des Verfahrens mit dem Argument, Virchow habe unter dem massiven Einfluss von Psychopharmaka ein falsches Geständnis abgelegt. Parallel suchen wir weiter nach dem Mörder von Nele.«

48

Nach dem Uni-Kurs war Florian mit Saskia in ihre Wohnung im Rotherbaum gegangen. Ihr Vater hatte ihr in einem weißen Altbau aus der Gründerzeit eine Zwei-Zimmer-Eigentumswohnung gekauft. Die Lage war hervorragend, Innenstadt, Alsterufer und Uni ließen sich in wenigen Minuten zu Fuß erreichen.

Sie fragten sich gegenseitig mittels einer App, die die jeweils tausendzweihundert wichtigsten Fragen zu jedem Rechtsgebiet anzeigte, ab.

»Die Kandidatin hat achtzehn Punkte«, sagte Florian und reichte Saskia das Smartphone. Sie hatte jede Frage richtig beantwortet.

»Definiere das Mordmerkmal der Heimtücke«, verlangte Saskia nach einem Blick auf das Display.

Florian hasste das Spiel mit den Definitionen, mit dem Jurastudenten einen Großteil ihrer Zeit verbrachten. Erwartet wurde, dass ein Examenskandidat jeden beliebigen Begriff wie aus der Pistole definieren konnte.

»Heimtückisch ist, wenn der Prüfer meine Wissenslücken ausnutzt und mich durchfallen lässt«, antwortete Florian.

»*Haha*, bitte eine ernsthafte Antwort.«

»Heimtückisch handelt, wer die Arg- und Wehrlosigkeit des Opfers bewusst zur Tötung ausnutzt.«

»Richtig. Wann ist denn jemand arglos beziehungsweise wehrlos?«

Florian grübelte, worin der Unterschied zwischen den ähnlich klingenden Begriffen bestehen mochte.

»Arglos ist, wer zum Zeitpunkt der Tat nicht mit einem Angriff rechnet.«

»Auch richtig. Wann ist jemand wehrlos?«

»Wenn er keine Waffen zur Verteidigung hat?«

»Nein. Wehrlos ist, wer zum Zeitpunkt der Tat aufgrund seiner Arglosigkeit in seiner Verteidigungsbereitschaft erheblich eingeschränkt ist. Zwischen Arglosigkeit und Wehrlosigkeit besteht ein Kausalzusammenhang.«

»Ahnungslosigkeit ist die Unwissenheit in Hinblick auf etwas Bestimmtes«, sagte Florian.

»Nach dieser Definition wird dich mit Sicherheit niemand fragen. Nächste Frage: Was sind niedrige Beweggründe?«

Florian hatte einem träge seine Runden drehenden Alsterdampfer zugeschaut und wandte sich wieder Saskia zu.

»Weiß ich nicht.«

»Schau ins Gesetz.«

Florian nahm den roten Gesetzestext vom Tisch und blätterte darin. Der »Schönfelder« enthielt auf viertausendsechshundert Seiten die wichtigsten Gesetze und war das Erkennungsmerkmal der Juristen. Florian wunderte sich, dass noch kein Student den mehrere Kilogramm schweren Klotz zum Erschlagen eines Professors verwendet hatte.

»In Paragraf 211 werden als niedrige Beweggründe Mordlust, die Befriedigung des Geschlechtstriebs und Habgier aufgezählt.«

»Kannst du daraus eine Definition der niedrigen Beweggründe ableiten?«

»Tut mir leid, ich steh auf dem Schlauch.«

»Das sind Motive, die sittlich auf tiefster Stufe stehen.«

Saskia legte das Smartphone neben sich auf die Couch.

»Du hast noch große Wissenslücken.«

»Ich weiß, ich kann aber nicht auch noch nachts lernen.«

Florian sah auf seine Armbanduhr.

»Es ist schon nach zehn. Wollen wir nicht für heute aufhören und lieber etwas kuscheln?«

»Nein, wir machen mit den anderen Mordmerkmalen weiter.«

49

Das Mädchen erinnerte sich an ihre ersten Tage in dem Kellerverlies. Wie sehr sie sich erschrocken hatte, als zum ersten Mal die schwarz gekleidete Person mit der Maske vor ihr stand. In der weißen Maske waren Löcher für die Augen und den Mund. Nachdem sich ihr Schreck gelegt hatte, hatte sie gefragt: »Wer bist du? Warum bin ich hier? Wie lange muss ich bleiben?« Ihr Gegenüber hatte sich wortlos umgedreht und war gegangen.

Anfangs hatte sie um Hilfe geschrien, bis sie heiser wurde. Doch niemand war gekommen. Immer wieder hatte sie verzweifelt an der Stahltür gerüttelt. Die hatte nicht einen Millimeter nachgegeben. Die *Maske* brachte ihr morgens und abends Essen. Dabei blieb sie immer einen Augenblick stehen und betrachtete sie wie ein gefangenes Tier.

Nachdem sie die ersten Tage geschwiegen hatte, fing sie an, von Lösegeld zu sprechen. Sie habe Neles Mutter kontaktiert, diese habe aber kein Interesse daran, dass sie freikam. »Deine Mutter hat dich nicht lieb. Sie ist froh, dich los zu sein.«

Nele hatte sich schon lange von ihrer Mutter nicht geliebt gefühlt, der so viel anderes wichtiger war als ihre Tochter. Sie lernte in der Kneipe dauernd neue Männer kennen und Nele war dann für Wochen abgemeldet. Wollte sie ihre Tochter wirklich nicht zurück?

Sie hatte viel geweint in dieser Zeit. Was hatte sie getan, um hier eingesperrt zu sein? Sie vermisste ihre Mutter und ihre Freundinnen. Und den Sonnenschein.

Bitte, Mama, hol mich hier raus!

50

Kirans Kiosk war bei Schülern und Lehrern gleichermaßen beliebt. Die Überwachungskamera war über der Kasse montiert und durch das Verkaufsfenster auf die Schule gegenüber gerichtet. Nach einem Überfall hatte der indische Inhaber sie installiert. Nach Neles Entführung hatte die Polizei die Aufnahmen der ganzen Woche gesichert, sie auf DVD gebrannt und zu den Beweismitteln genommen.

Florian und Saskia schauten sich im Institut die DVD vom Entführungstag auf dem Computermonitor an. Die Schule gegenüber war wegen des Nebels kaum zu erkennen. Vor dem Verkaufsfenster tauchten Erwachsene auf, die Kaffee und belegte Brötchen kauften. Die Kinder holten sich Softdrinks und Schokoriegel.

Sie sahen sich die Aufnahmen der mutmaßlichen Entführungszeit von Viertel vor acht bis acht Uhr genau an. Kurz vor Schulbeginn herrschte reges Treiben. Autos hielten kurz und entließen Kinder. Schüler und Lehrer strömten auf das Schulgelände.

»Ich kann nichts Ungewöhnliches erkennen«, sagte Florian.

»Nee. Keine Nele, keinen Transporter und niemand, der sich verdächtig verhält«, fügte Saskia hinzu.

Florian drückte auf die Schnelllauftaste. Nach Unterrichtsbeginn waren vor der Schule nur noch vereinzelt Menschen zu sehen. In Zeitraffer dämmerte der Tag heran und der Nebel löste sich auf. Florian stoppte, als der erste Streifenwagen vorfuhr.

»Das Überwachungsvideo bringt uns nicht weiter«, stellte er fest.

»So steht es auch schon im Aktenvermerk der Polizei. Und wenn wir uns die davorliegenden Tage anschauen?«

»Du hast recht. Vielleicht hat der Entführer die Schule vorher ausspioniert.«

Florian schob die nächste Scheibe ins Fach.

»Das ist der Tag vor der Entführung.«

Die Aufnahme startete um sieben Uhr mit der Öffnung des Kiosks. Das Schulgebäude war deutlich zu sehen, da es an diesem Morgen keinen Nebel gab. Einzelne Passanten gingen vorbei, die ihre Hunde Gassi führten. Ab halb acht tauchten die ersten Lehrer und Schüler auf. Je näher es auf acht Uhr zuging, desto mehr Lehrer und Schüler strömten auf das Schulgelände.

»Was ist mit dem hier?«, fragte Saskia und zeigte auf den linken Bildrand.

Ein Mann stand etwas abseits und beobachtete Schüler.

»Ich spul mal zurück.«

Der Mann tauchte um 7.38 Uhr allein auf, stand die ganze Zeit vor dem Schulzaun und ging um 8.02 Uhr wieder.

»Er ist verdächtig, weil er weder einen Schüler bringt, noch in die Schule hineingeht. Er scheint weder Lehrer noch der Vater eines Schülers zu sein«, sagte Saskia.

Sie fanden heraus, dass der Mann auch noch an zwei weiteren Tagen vor dem Schultor herumgelungert hatte.

Florian zoomte ihn größer. Obwohl es noch dunkel war, konnte man ihn im Schein einer Laterne gut erkennen. Er hatte braune, gelockte Haare, war übergewichtig und Ende zwanzig.

»Nach dem müssen wir suchen«, sagte Florian.

51

Es war ein langer und anstrengender Tag gewesen.

Den Vormittag hatten Florian und Saskia im Hörsaal verbracht. Nachmittags hatten sie sich Überwachungsvideos im Institut angesehen. Abends hatten sie zusammen in Saskias Wohnung gelernt. Um halb elf waren sie mit dem Bereicherungsrecht durch.

»Jetzt bin ich geschafft«, sagte Saskia, als sie die Studienunterlagen auf dem Couchtisch zusammenräumte.

Ihr dunkelblondes Haar schimmerte golden im warmen Licht der Stehlampe. Große Emma-Watson-Rehaugen wurden von Brooke-Shields-Augenbrauen gekrönt. Florian hätte darin versinken können, wenn er zu lange hinsah. Der Stoff ihrer weißen Bluse spannte sich, und er erhaschte einen Blick auf schwarze Spitze darunter – ein gewisses Begehren nach ihrem elfenhaften Audrey-Hepburn-Körper wurde wach.

Saskia lehnte sich auf der Couch zurück. Das war einer der seltenen Momente, in denen sie sich entspannte. Florian wollte sie berühren. Seine Finger glitten sanft in ihre Hand. Er spürte ihre Wärme, als sich ihre Finger ineinander verhakten. Er beugte sich so weit vor, dass er ihr Parfüm riechen konnte. Es duftete zart nach Vanille, wilder Rose und einer Spur würzigem Moschus. Florian legte den Arm um Saskia, beugte sich vor und küsste sie auf den Mund. Ihre Lippen öffneten sich erst leicht, dann weiter. Saskia schmeckte nach Minze.

Florian strich ihr mit dem Finger über die Wange und den schlanken Hals. Ihre Haut fühlte sich weich an. Unter seiner Fingerspitze spürte er ihren Pulsschlag. Seine Finger glitten tiefer und suchten den obersten Knopf ihrer Bluse. Sein Blutdruck und die Hoffnung auf eine gemeinsame Nacht stiegen. Seine Fingerspitze hatte den Knopf …

Saskia zuckte zurück und zog seine Hand von ihrem Ausschnitt weg.

»Stopp, Florian. Ich bin sehr müde und will jetzt schlafen.«

»Das will ich auch, und zwar mit dir«, erwiderte er scherzhaft.

»Allein.«

So hatte sich Florian zuletzt bei der Ice Bucket Challenge gefühlt. Das Eiswasser war ein Schock gewesen, danach hatte die Kleidung kalt und nass am Körper geklebt. »Florian, geh jetzt, bitte.«

Bleierne Enttäuschung breitete sich in ihm aus.

Er stand auf.

Ein weiterer Abend sexuellen Frusts.

»Dann gute Nacht. Und vergiss nicht, die Justitia mit ins Bett zu nehmen.«

Als er Saskias Wohnung verließ, warf er die Tür eine Spur heftiger als sonst ins Schloss.

52

Am nächsten Tag gingen Florian und Saskia mit einem Foto des Verdächtigen zu Neles Schule. Cheng hatte geholfen, aus dem Video ein scharfes Porträtfoto zu extrahieren. Markant war vor allem die dunkelbraune Lockenpracht des Mannes. Florian und Saskia nutzten die erste große Pause und zeigten Dutzenden Schülern das Foto. Niemand kannte ihn. Das Läuten der Schulglocke beendete die Befragung.

»Der Mann ist offensichtlich kein Vater, der sein Kind zur Schule brachte«, überlegte Saskia.

»Er hatte ja auch kein Kind dabei«, stimmte Florian zu. »Damit hatte er keinen Grund, vor der Schule herumzulungern.«

Florian und Saskia suchten das Lehrerzimmer auf. Hier standen mehrere große Tische mit gelben Polsterstühlen. Sie trafen drei Lehrer an, einer von ihnen war Jasper Bahlbeck.

»Ah, die beiden Jurastudenten«, begrüßte er sie. Er war gerade dabei, Klausuren zu korrigieren.

»Guten Morgen, Herr Bahlbeck. Kennen Sie diesen Mann?«, fragte Saskia und hielt ihm das Foto hin.

Jasper Bahlbeck nahm es und sah es sich aufmerksam an.

»Ja, das ist Oliver Lührsen. Er war hier Referendar.«

»Wann denn? Und wie lange?«, fragte Florian.

»Im Herbst letzten Jahres für etwa zwei Monate. Plötzlich war er weg. Er soll eine Schülerin sexuell belästigt haben. Genaues weiß ich aber nicht.«

»Sie kennen keine Einzelheiten?«, fragte Saskia nach.

»Nein, ich war nicht sein Ausbilder und will auch nicht spekulieren.«

»Könnte er aus Ihrer Sicht irgendeinen Grund gehabt haben, sich am Entführungstag morgens vor der Schule aufzuhalten?«

»Nicht dass ich wüsste. Seine Ausbildung hier ist schon seit Längerem beendet, und Kinder hat er keine.«

»Diesen Oliver Lührsen müssen wir uns genauer ansehen«, sagte Florian zu Saskia.

53

Absolute Finsternis umgab sie.

Über ihrem Kopf rumpelte es.

Schritte. Die Maske kommt.

Sie setzte sich im Bett auf und zog die Eiskönigin-Bettdecke bis zum Hals hoch. Kurze Zeit später zündete die Leuchtstoffröhre mit einem *Pling.* Während sie mit einer Hand die Augen vor dem grellen Licht abschirmte, hörte sie den Schlüssel im Schloss. Mit einem *Klack* öffnete es sich und die *Maske* kam herein.

»Guten Morgen, Sina.«

Das Mädchen schaute hoch.

»Ich heiße Nele, nicht Sina.«

Die *Maske* stellte das Tablett mit dem Essen auf dem Schreibtisch ab. Wie immer Toast mit Nutella und ein Glas Milch. Sie hockte sich vor dem Bett hin. Die braunen Augen hinter der Maske betrachteten sie aufmerksam. Die fremde Gestalt versuchte, die Wange des Mädchens zu streicheln, doch Nele zuckte zurück.

»Du bist schon so lange bei mir und immer noch so widerspenstig.«

»Ich will zu meiner Mama«, sagte Nele trotzig.

»Deine Mutter will dich nicht.«

»Du lügst.«

Das konnte gar nicht sein. Ihre Mama würde sie nicht in diesem Keller verrotten lassen. Niemals.

»Deine Mutter weiß, wo du bist. Aber ist sie vielleicht gekommen, um dich zu holen?«

Nele spürte, wie sich Tränen in ihren Augen sammelten. In der Stille war nur das Surren des Ventilators zu hören.

»Ich bin alles, was du auf dieser Welt hast, Sina. Ich bin deine Mutter, dein Vater und dein bester Freund. Außer mir kümmert sich niemand um dich.«

Das Mädchen schaute mit gesenktem Blick nach unten. Tränen tropften auf die Bettdecke. Sie widersprach nicht.

»Irgendwann wirst du mich lieb haben. Es bleibt dir gar nichts anderes übrig.«

54

Die Schulbehörde hatte ihren Sitz in der Hamburger Straße über einem Einkaufszentrum. Florian und Saskia fragten sich mittags zu der für Referendare zuständigen Sachbearbeiterin durch. Steffi Albrecht trug ihre blondierten Haare modisch kurz geschnitten, dazu eine Retro-Brille in Schmetterlingsform. Das Büro wurde von einer hellgrauen Regalwand dominiert, die von Aktenordnern beinahe überquoll.

»Guten Tag, Frau Albrecht, wir sind Jurastudenten und kommen vom Institut für Justizirrtümer«, sagte Florian.

»Davon habe ich schon gehört. Sie hatten doch den Freispruch für den unschuldig verurteilten Polizisten erreicht?«, fragte Steffi Albrecht lächelnd.

»Das ist richtig.«

»Wie kann ich Ihnen helfen?«

»Wir bräuchten eine Auskunft über einen ehemaligen Referendar namens Oliver Lührsen.«

Steffi Albrechts Gesichtsausdruck verdüsterte sich. »Ich vermute, im Zusammenhang mit der Aufklärung einer Straftat?«

»Genau, es geht um die Entführung der neunjährigen Nele im letzten Jahr.«

»Ihnen als angehenden Juristen muss ich keinen Vortrag über Datenschutz halten. Es gibt für Ihr Auskunftsverlangen keine Rechtsgrundlage.«

So toll »Institut für Justizirrtümer« auch klang, über irgendwelche Ermittlungsbefugnisse verfügte es nicht, das wussten Florian und Saskia nur zu gut.

»Sie können dazu beitragen, dass ein weiterer Justizirrtum aufgeklärt und der wahre Täter überführt wird«, sagte Saskia.

»Da bringen Sie mich wirklich in eine Zwickmühle. Dritten darf ich keine Auskunft über Mitarbeiter erteilen. Allerdings könnten Sie mit Ihrem Verdacht gegen Lührsen einen Volltreffer gelandet haben.«

Steffi Albrecht überlegte angestrengt und sah dann auf ihre Uhr.

»Wissen Sie was«, sagte sie schließlich, »ich gehe zu Tisch und lasse Sie eine halbe Stunde hier allein. Falls Sie bei meiner Rückkehr nicht mehr hier sind, gehe ich davon aus, dass sich Ihr Anliegen erledigt hat.«

Sie deutete mit einem Blick auf die Regalwand hinter sich, stand auf und verschwand.

Saskia und Florian sahen ihr verwundert nach, bis sie die Tür geschlossen hatte.

Einen Augenblick saßen beide nur da.

»Ich finde, wir sollten die Gelegenheit nutzen.« Florian nickte in Richtung Regalwand.

»Ich weiß nicht.«

Florian ging zum Regal und suchte den Ordner Lührsen.

»Meinst du wirklich, wir dürfen uns selbst bedienen?«, fragte Saskia, die sitzen geblieben war.

»Vergiss für einen Moment einfach die Gesetze.«

Florian zog einen Ordner heraus.

»Hier habe ich die Personalakte Lührsen.«

Er legte seinen Fund vor Saskia auf den Schreibtisch und schlug ihn auf. Gleichzeitig zückte er sein Smartphone. Mit flinken Fingern blätterte er durch die Akte, bis er im hinteren Drittel auf das stieß, wonach er gesucht hatte.

»Er ist wegen Kindesmissbrauch von der Schule geflogen«, sagte Florian und machte ein Foto von dem Entlassungsschreiben. Dann blätterte er weiter bis zum Schluss.

»Seltsam, es hat offenbar kein Strafverfahren gegeben.«

»Vielleicht wollten sie dem Mädchen die Aussage vor Polizei und Gericht ersparen«, meinte Saskia.

Florian fotografierte noch ein paar Seiten, darunter die Zeugnisse von Abitur und Staatsexamen, und stellte den Ordner zurück ins Regal.

»Lass uns gehen. Wir haben, was wir brauchen.«

55

Die Chance zur Flucht bot sich beim wöchentlichen Bad. Einmal in der Woche wurde Nele zum Baden nach oben geholt. Das Fenster des Badezimmers war vergittert, hinauszuklettern war also unmöglich. Aber sie hatte einen Blick nach draußen werfen können und in einiger Entfernung eine belebte Straße gesehen. Sie musste nur bis dahin gelangen, dann würde sie ein Auto anhalten und wäre in Sicherheit. Die Strecke schätzte sie auf fünfzig Meter. In der Schule war sie beim Sprint nie gut gewesen, aber diesmal würde sie die Strecke in Rekordzeit schaffen.

Nele hatte sich den Grundriss des Hauses eingeprägt. Wenn man die Kellertreppe hochkam, ging es links zum Badezimmer, geradeaus zur Haustür. Die *Maske* sah während ihres Bades meist im Wohnzimmer fern. Vom Bad bis zur Haustür waren es fünf Meter. Das Wohnzimmer lag weiter hinten.

Nele presste ein Ohr an die Tür und hörte den Fernseher. Sie ging zur Badewanne, drehte den Hahn voll auf und kehrte zur Tür zurück. Langsam drückte sie die Türklinke hinunter und zog die Tür auf. Auf Zehenspitzen schlich sie aus dem Bad und schloss die Tür wieder hinter sich.

Nele blieb stehen. Der Fernseher lief weiter, keine Schritte waren zu hören. Sie schlich über den Flur. Ihre nackten Füße machten auf den Fliesen kein Geräusch. Vor der Haustür schaute sie sich noch einmal um. Im Flur war niemand zu sehen. Der Schlüssel steckte von innen. Um keinen Lärm zu machen, drehte sie ihn ganz langsam um. Trotzdem klackte es bei der letzten Drehung. Nele hielt inne und sah hinter sich in den Flur. Niemand! Dann drückte sie vorsichtig die Türklinke herunter. Ihr Herz schlug schneller, als sie die Tür aufzog. Kalte Winterluft schlug ihr entgegen. Sie hatte nur T-Shirt und Unterhose an. Egal, sie musste hier raus.

Jetzt oder nie!

Nele rannte um ihr Leben.

Es waren fünfzig Meter über den betonierten Weg bis zum Tor.

Sie sah nicht zurück. Sie wollte gar nicht wissen, ob die *Maske* ihre Flucht bemerkt hatte oder nicht.

Ihre Füße berührten kaum den Boden.

Zwanzig Meter bis in die Freiheit. Ihre Lunge brannte.

»Bleib stehen!«

Hinter sich hörte sie Schritte.

Schneller, schneller!

Zehn Meter bis zum Tor.

»Bleib stehen!«

Sie hörte, wie die *Maske* rasch aufholte.

Noch fünf Meter.

Nele sah schon die Freiheit.

Noch zwei Meter.

Hoffentlich war das Tor unverschlossen.

Sie streckte die Hand nach der Klinke des Tors aus.

56

Die Pause des Examenskurses verbrachten Florian und Saskia im Foyer. Durch den schwarzen Boden, die weißen Säulen und die goldfarbene gewölbte Decke wirkte es gediegen.

»Du hast alleine weiterrecherchiert?«, fragte Saskia. Sie hatte sich in den letzten Tagen auf die Examensvorbereitung konzentriert.

»Ja, ich habe zuerst im Internet nach Oliver Lührsen gesucht. In Google konnte ich ihn aber nicht finden«, antwortete Florian.

»Seltsam, es gibt kaum jemanden, der im Internet keine Spuren hinterlässt.«

»Sehe ich genauso. Selbst Cheng mit seinen Hackerkenntnissen konnte nichts über ihn herausfinden. Als würde er nicht existieren.«

Saskia sah ihn stirnrunzelnd an.

»Ich bin dann zu Lührsens Adresse in Wandsbek geradelt. Ist falsch. Es handelt sich um einen Büroservice, bei dem man auch eine Postadresse mieten kann, inklusive Nachsendeservice für Briefe und Pakete an den richtigen Wohnort. Die Blondine am Empfang wollte mir allerdings nichts über Lührsen sagen.«

»Ein Referendar mit einer Tarnadresse. Das wird ja immer seltsamer.«

»Ich habe mich beim Einwohnermeldeamt nach ihm erkundigt. Lührsen ist und war in Hamburg nicht registriert.«

Saskia schüttelte den Kopf. »Das kann nicht stimmen. Nach seinem Abiturzeugnis ist er in Hamburg geboren und zur Schule gegangen. Zumindest alte Einträge müsste es geben.«

»Hab ich auch gedacht, trotzdem ist kein Eintrag im Hamburger Melderegister über ihn zu finden, auch kein alter.«

»Warst du an seinem Gymnasium und der Uni? Die müssen doch was über ihn wissen.«

»Das hat auch nichts gebracht«, antwortete Florian mit einer wegwerfenden Handbewegung. »Ich war in seinem Gymnasium und habe der Direktorin einen Ausdruck seines Abiturzeugnisses vorgelegt. Sie hat gesagt, sie kenne Oliver Lührsen nicht und habe das Abiturzeugnis auch nicht ausgestellt. Es sei eine Fälschung. Das Gleiche an der Uni.«

»Lührsen ist mit gefälschtem Abitur- und Examenszeugnis Referendar geworden? Wird die Echtheit der Zeugnisse nicht überprüft?«

»Offensichtlich nicht.«

»Ein Phantom«, sagte Saskia ungläubig.

»Oliver Lührsen, wer bist du?«, fragte Florian.

57

Kräftige Arme packten Nele und hoben sie hoch. Sie strampelte mit den Füßen und schrie: »Nein! Nein! Ich will nicht zurück in den Keller.«

Die *Maske* presste ihr eine Hand auf den Mund. Sie bekam einen Finger zwischen die Zähne und biss so kräftig zu, wie sie konnte.

Ihr Verfolger schrie vor Schmerz und ließ sie fallen.

Nele holte keuchend Luft und griff nach der Klinke des Tors. Es ließ sich öffnen und mit einem schrillen Quietschen gerade so weit aufdrücken, dass sie hindurchpasste.

Sie rannte zur Straße.

Sollte sie nach links oder rechts laufen? Wo würde sie Hilfe bekommen?

Ein Auto kam herangefahren. Nele trat an den Bordstein und ruderte mit den Armen. Die Fahrerin starrte auf ihr Handy und fuhr vorüber. Sie hatte sie nicht gesehen.

Wütend sah Nele dem Auto nach.

Auf der zweispurigen Straße waren keine weiteren Autos oder Fußgänger zu sehen. Mülltonnen standen an der Straße.

Sie rannte zum Nachbargrundstück und drückte kräftig auf die Klingel neben dem Gartentor.

Keine Reaktion.

Ein schneller Rundumblick. Auch in den anderen Häusern waren keine Menschen zu sehen.

Wo sollte sie hin?

Sie hörte, wie nebenan das quietschende Tor weiter aufgestoßen wurde.

Die *Maske*. Weglaufen hatte keinen Sinn, denn er war schneller als sie. Sie musste runter von der Straße.

Ein Grundstück weiter fand sie eine Mülltonnenbox mit offener Tür. Schnell kroch sie hinein und zog die Tür hinter sich zu.

Nur Sekunden später hörte sie jemanden auf dem Gehweg an ihr vorbeilaufen.

Sie blieb mucksmäuschenstill.

Die Schritte waren bald nicht mehr zu hören.

Sie stieß die Tür auf und wollte in entgegengesetzter Richtung weglaufen.

Die *Maske* stand direkt vor ihr. Sie musste leise zurückgeschlichen sein – stand da und hielt sich den blutenden Finger.

Neles Flucht war zu Ende.

58

»Hey, Nerd, ich brauch noch mal deine Hilfe wegen des
Referendars«, sagte Florian, nachdem er die dunkle und mit
Computern vollgerammelte Höhle seines Mitbewohners betreten hatte. Auf dem großen Schreibtisch standen drei Monitore,
darunter vier Rechner, die kein Gehäuse hatten. Sie blinkten
und piepten hektisch. In der Zimmerecke lag eine Matratze auf
dem Boden. Daneben standen Regale voll mit Bauteilen, chine-
sischen Büchern und Computerliteratur. Es roch nach Plastik,
Cola und Käsefüßen.

Mister Spock sah ihn so ausdruckslos wie immer an.

»Alles an ihm ist falsch. Name, Adresse, Zeugnisse. Kannst
du ihn anhand eines Fotos identifizieren?«, fragte Florian.

»Ja.«

»Ich hab dir grade sein Foto gemailt.«

Cheng rief ein Programm auf und lud das Foto darin hoch.
Er war fast so gut wie Boris Grishenko in »Golden Eye«. Der
konnte mit nur einer Hand im Maschinengewehrstakkato auf
die Tastatur einhämmern, während er mit der anderen Hand
mit Bonds Kugelschreiber herumspielte. Dabei machte er nicht
einen einzigen Fehler.

»Die neueste Gesichtserkennung aus Russland. Sie kann
Fotos mit jeder Foto-Datenbank der Welt abgleichen.«

Das mussten Boris Grishenkos Erben sein, denn der hatte mit russischem Akzent gesprochen. Letztes Jahr hatten sie sogar das Datennetzwerk der Bundesregierung gehackt.

»Nach Datenschutz frag ich jetzt lieber nicht.«

Das Programm begann zu arbeiten.

Keine Minute später meldete es einen Treffer.

»Dennis Sadowski«, stand auf dem Monitor.

»Cheng, kannst du mal schauen, ob es den gibt?«

Ein paar Tastenklicks weiter warf die Suchmaschine Dutzende Treffer aus. Dennis Sadowski war gelernter Kindergärtner. Daneben war er in einem Sportverein aktiv, wo er eine Kinderturngruppe betreute. Und es hatte in dem Kindergarten, in dem er gearbeitet hatte, einen Skandal wegen Kindesmissbrauchs gegeben.

Florian starrte auf den Monitor. Das hätte er nicht erwartet.

»Fertig?«, fragte Cheng.

Florian brauchte ein paar Sekunden, um sich zu sammeln.

»Ja, bitte ausdrucken.«

59

Wie jeden Sonntag besuchte Saskia ihre Eltern. Ihre Mutter bereitete in der Küche das Mittagessen vor, während ihr Vater in seinem Arbeitszimmer Akten bearbeitete. Den Sonntagnachmittag nahm er sich seiner Frau zuliebe frei, ansonsten arbeitete er das ganze Wochenende durch.

Saskia sah sich in ihrem alten Kinderzimmer um. Ihr Vater hatte es damals für sie im Bauhausstil eingerichtet. Große Fenster, weiße Wände und Parkettfußboden ließen es geräumiger wirken, als es war. Nach wie vor sah die minimalistische Möblierung verloren darin aus, sie bestand aus Schreibtisch, Bett, Kleiderschrank und Bücherregal. Weiße Klarlackmöbel in nüchternen Linien ohne Verzierungen. Die Polster des Schlafsofas waren hellgrau. Bilder oder Poster gab es an den Wänden nicht. So einen »Kinderkram« hätte Helmut Cornelius nicht geduldet. Saskia strich mit der Hand über den leeren Schreibtisch. An ihm hatte sie den Großteil ihrer Jugend verbracht. Der Fleiß hatte sich ausgezahlt, sie hatte das Abitur als Drittbeste ihres Jahrgangs abgeschlossen. Sie war stolz darauf, die Nummer drei von knapp fünftausend Hamburger Abiturienten gewesen zu sein. Ihr Vater hatte nur trocken gefragt, warum es nicht zur Jahrgangsbesten gereicht hatte.

Im Grunde tat sie zurzeit nichts anderes, musste sie sich eingestehen. Nur dass sie inzwischen einen neuen Schreibtisch besaß, der in ihrer eigenen Wohnung stand. An dem büffelte sie Tag und Nacht. Die Beschäftigung mit Paragrafen rund um die Uhr machte sie nicht glücklich. Oft beneidete sie Florian und andere Kommilitonen, die ihr Studentenleben genossen. Aber nur mit einer besonders herausragenden Examensnote würde sie ihren Vater beeindrucken können. Eines Tages musste er doch akzeptieren, dass er nicht den gewünschten Sohn, sondern eine Tochter bekommen hatte.

Beim Anblick des jetzt leeren Bücherregals fiel ihr noch ein Grund ein, warum sie nicht davon lassen konnte, ihr Leben zu hundert Prozent der Juristerei zu widmen. Angst vor der Leere. Sie hatte es verlernt, sich für etwas anderes als das Studium zu interessieren. Sie hatte keine Hobbys, keine anderen Interessen, keine Freundinnen.

Wie passt Florian in all das?, fragte sich Saskia. *Was ist er für mich?* War er mehr Teil der Lösung oder eher Teil des Problems? Mit seinen schwarzen Haaren und den blauen Augen fand sie ihn attraktiv. Er war clever und humorvoll, aber faul und ein Träumer. Manchmal öffnete er die Tür zu einem Leben außerhalb der Juristerei einen Spaltbreit – das fand sie interessant und es machte sie neugierig. Andererseits versuchte er sie von ihren akribisch ausgearbeiteten Lernplänen abzulenken. Ein Absacken ihrer Leistungen würde ihr Vater nicht hinnehmen. War sie bereit, für eine Beziehung mit Florian Opfer zu bringen? Zum Beispiel eine schlechtere Examensnote und großen Ärger?

60

Von oben hörte sie Schritte.

Gleichzeitig empfand sie Freude und Angst. Die *Maske* würde das Licht einschalten und Essen bringen. Sie freute sich, wenigstens einen lebenden Menschen zu sehen, gleichzeitig machte ihr Angst, in dessen Gewalt zu sein. Wenn die *Maske* nicht mehr mit Essen käme, würde sie hier elendig in der Finsternis verhungern.

Die Leuchtstoffröhre erwachte flackernd zum Leben. Nele hörte den Schlüssel im Schloss. Mit einem Klacken ging die Tür auf.

Die *Maske* erschien in der Stahlluke und registrierte jede ihrer Bewegungen. Die Stimmung war nach ihrem Fluchtversuch angespannt.

Die ganz in Schwarz gekleidete *Maske* stellte das Tablett auf dem Schreibtisch ab.

Keine Begrüßung.

Ausdruckslose Augen starrten sie an.

»Ich will nach Hause«, sagte Nele.

»Das hier ist dein Zuhause.«

Nele irritierte, dass das Gesicht unter der weißen Maske verborgen blieb. Sie musste sich ganz auf die Körperhaltung und den Tonfall konzentrieren. Die *Maske* klang enttäuscht.

»Nein, ich will nach Hause zu meiner Mama.«

»Deine Mutter ist tot.«

Nele fühlte sich wie betäubt. Hatte die *Maske* sie umgebracht? Oder war sie krank geworden oder hatte einen Unfall gehabt?

»Nein!«, schrie Nele aus Leibeskräften.

Die *Maske* beugte sich herunter, fasste sie an der Schulter und strich ihr mit der anderen Hand über die Wange.

»Beruhig dich. Ich kann wie eine Mutter für dich sein.«

Nele drehte den Kopf und biss kräftig zu.

Die *Maske* schrie vor Schmerz auf – und verpasste ihr eine schallende Ohrfeige, die sie mit dem Rücken auf die Matratze warf. Ihr Gesicht brannte wie Feuer.

»Du hast mir wehgetan, kleines Biest!«

Die *Maske* hielt sich den blutenden Finger, drehte sich abrupt um und stieg durch die Luke. Es knallte laut, als sie die Stahltür von außen zuwarf.

Nele lag auf dem Bett und starrte auf die niedrige Betondecke. Inzwischen kannte sie jede einzelne Pore darin. Tränen rollten ihre Wangen hinunter und versanken im Kopfkissen.

61

»Wir haben eine Wiederaufnahme des Verfahrens beantragt«, erzählte Saskia Jan im Besucherraum der Psychiatrie. Sie und Florian waren gekommen, um ihn auf den neuesten Stand zu bringen. »Wir stützen den Antrag auf ein Falschgeständnis infolge überdosierter Psychopharmaka.«

»Danke«, sagte Jan mit ausdrucksloser Miene.

Florian war über Jans mangelnde Begeisterung enttäuscht, denn das Verfassen des Wiederaufnahmeantrags hatte ihnen eine Menge Arbeit bereitet. Erst den vierten Entwurf hatte Professor Heckscher abgesegnet. Die drei ersten erhielten sie jeweils mit vielen Anmerkungen versehen zur Überarbeitung zurück. Letztendlich war der Antrag auf vierzig Seiten angewachsen.

»Der Widerruf des Geständnisses reicht alleine wahrscheinlich nicht, deshalb wollen wir weiter nach dem wahren Täter suchen«, erklärte Saskia.

»Wir haben auch schon eine neue heiße Spur«, sagte Florian aufgeregt. »Auf den Aufnahmen einer Überwachungskamera ist an drei Tagen vor der Entführung ein Mann zu sehen, der vor der Schule herumlungert und Schüler beobachtet. Wahrscheinlich handelt es sich bei ihm um einen wegen Kindesmissbrauch vorbestraften Kindergärtner. Das müssen wir noch herausfinden. Danach hat er sich eine falsche Identität zugelegt und wollte

Grundschullehrer werden. Er war Referendar an Neles Schule, wurde aber auch dort wegen Verdachts auf Kindesmissbrauch entlassen.«

Jan hatte Florian aufmerksam zugehört.

»Und ihr glaubt, er ist auch der Täter im Fall Nele?«

»Die Berufswahl von Dennis Sadowski spricht für einen Pädophilen. Erst war er Kindergärtner, dann wollte er Lehrer werden«, erläuterte Saskia. »Er ist schon zweimal wegen Kindesmissbrauch auffällig geworden. Und er war kurze Zeit vor der Tat Referendar an der Schule. Er kannte die Örtlichkeiten und wahrscheinlich auch Nele.«

»Die neue Identität hat er sich zugelegt, weil er mit seinem echten Namen und der Vorstrafe nicht hätte Lehrer werden können?«, fragte Jan.

»Das vermuten wir. Wir haben seine Strafakten angefordert und werden das prüfen.«

62

Die *Maske* hatte dem Mädchen Essen gebracht und lehnte an der offenen Luke. Sie beobachtete, wie es sich über die Sandwiches hermachte. Die Verpflegung dieser Göre war zu einer lästigen Pflicht geworden. Morgens und abends brachte sie ihr Essen, am Wochenende auch mittags. Einmal in der Woche musste die Chemietoilette entleert werden. Und was war der Dank dafür?

Seit über einem Jahr lebte das Mädchen hier. Die Hoffnung war gewesen, dass sie ihre leibliche Mutter mit der Zeit vergaß und stattdessen Zuneigung zu ihr, der *Maske*, entwickelte. Sie hatte vom Stockholm-Syndrom gelesen, bei dem Opfer ein positives emotionales Verhältnis zu ihren Entführern aufbauen, was dazu führen kann, dass das Opfer mit dem Täter sympathisiert. Doch das Mädchen hatte keine Zuneigung entwickelt. Im Gegenteil, es war unverändert abweisend geblieben. Sie wollte nur Essen von ihr, keine Gespräche und kein Streicheln. Sie hatte sogar versucht zu fliehen und sie schließlich in den Finger gebissen, nachdem sie ihr freundlich über die Wange gestrichen hatte.

Sie durfte sich nicht länger etwas vormachen und musste die Sache emotionslos betrachten. Das Projekt war ein totes Pferd, von dem sie absteigen musste. Das Mädchen würde ihr nie die Liebe geben, die sie sich erhofft hatte. Jammerschade, denn sie hatte das richtige Alter und diese Ähnlichkeit. Freilassen konnte sie das Mädchen nicht, denn es hatte zu viel gesehen. Zwar nicht ihr Gesicht, das war konsequent hinter der Maske verborgen geblieben, aber sie würde der Polizei das Haus und seine Lage gut beschreiben können. Eine Injektion mit Natrium-Pentobarbital würde das Problem beseitigen. Normalerweise verwendete man es zum Einschläfern von Tieren. Was zynischerweise passte, bissige Hunde wurden schließlich auch ins Jenseits befördert. Danach würde sie sich auf die Suche nach einem neuen Mädchen machen.

63

Die Strafakte Dennis Sadowskis war im Institut eingetroffen. Florian und Saskia machten sich gleich daran, das Urteil nebeneinander sitzend zu lesen.

Sadowski war wegen schweren sexuellen Missbrauchs an Schutzbefohlenen in drei Fällen und des Besitzes von fünftausend kinderpornografischen Dateien zu zwei Jahren auf Bewährung verurteilt worden. Er hatte als Erzieher im Kindergarten gearbeitet. Dort hatte er während des Mittagsschlafs einen Jungen an den Genitalien gestreichelt. Einem anderen Jungen hatte er den Finger in den Po gesteckt. Einen Dritten hatte er gezwungen, seinen Penis in den Mund zu nehmen. Nachdem sich die Mutter eines verstörten Sohnes bei der Polizei gemeldet hatte, hatte man seine Wohnung durchsucht. Auf seinem Computer waren Unmengen Kinderpornografie gefunden worden. Die milden zwei Jahre auf Bewährung wurden damit begründet, dass der Angeklagte nicht vorbestraft sei und ein Geständnis abgelegt habe. Dadurch sei den Kindern eine Aussage vor Gericht erspart worden.

»Fällt dir was auf?«, fragte Saskia.

»Alle Opfer waren Jungen«, antwortete Florian.

»Richtig. Warte mal. Im Urteil ist ein Gutachten erwähnt.«

Saskia blätterte durch die Akte.

»Hier ist das psychiatrische Gutachten über den Angeklagten.«

Auf dreißig Seiten wurden die Persönlichkeit und das Sexualleben von Dennis Sadowski erforscht.

»Die Sachverständige hat eine pädophile Störung diagnostiziert. Er hat eine sexuelle Präferenz für Jungen im Alter von vier bis zehn Jahren«, fasste Saskia zusammen.

»Also steht er nicht auf Mädchen?«

»Nein.«

»Dann passt Nele nicht in sein Beuteschema. Zu schade, ich hatte wirklich gehofft, wir haben mit Dennis Sadowski den Täter gefunden. Wieder mal nur falscher Alarm.«

Mit einem Knall schlug Florian die Akte zu, die ihnen nicht weitergeholfen hatte.

Saskia trommelte mit dem Stift auf die Schreibtischplatte und überlegte.

»Dennis Sadowski können wir als Verdächtigen ausschließen. Wir können unser Material über ihn trotzdem an die Polizei weiterleiten. Mit den gefälschten Zeugnissen hat er sich wegen Urkundenfälschung und Betrug strafbar gemacht.«

»Und dann?«

»… begeben wir uns erneut auf die Suche nach dem Täter im Fall Nele.«

64

Schon von Weitem hörte man die fröhlichen Angstschreie der Achterbahnfahrer, sah Abertausende blinkende Lichter und roch die frisch gebrannten Mandeln. Falk Heckscher und seine Tochter Clarissa schlenderten durch das Tor auf den Winterdom. Dort erwartete sie eine bunte Mischung aus Fahrgeschäften, Bierzelten und Imbissbuden. Allein über zweihundertfünfzig Schausteller befanden sich auf dem großen Festgelände zwischen der Reeperbahn und den Gerichten, dazu kamen noch weit mehr als hundert Gastronomiebetriebe.

Falk Heckscher hatte in den letzten Wochen die Besuchstermine pünktlich eingehalten. Und er hatte es auch geschafft, an den Wochenenden mit Clarissa die Finger vom Alkohol zu lassen.

Clarissa juchzte, als das Kettenkarussell beschleunigte und die kleinen Sitze immer weiter nach außen schwangen. Schließlich flogen sie waagerecht durch die Luft. Sie schrie vor Entsetzen und Freude, als die Achterbahn in einen Dreifach-Looping hinunterschoss. Im Autoscooter lachte sie bei jedem Zusammenstoß.

Seit seiner Jugend hatte Falk Heckscher keine Kirmes mehr besucht. Es war nicht gerade sein Herzenswunsch, sich bis zum

Erbrechen durchschütteln zu lassen. Er fuhr seiner Tochter zuliebe mit.

Zehntausende Glühlampen ließen das sechzig Meter hohe Riesenrad wie ein Ufo erstrahlen. Die bunt bemalte Gondel hielt vor Falk Heckscher und Clarissa an und pendelte aus. Beide stiegen ein und der Aufseher warf hinter ihnen die Tür zu. Das Riesenrad beschleunigte. Mit großem Schwung ging es nach oben. Clarissa naschte von ihrer Zuckerwatte und sah aus der Gondel. Von oben hatten sie einen herrlichen Ausblick auf den Festplatz und die Stadt. Hell erleuchtete Fahrgeschäfte und Verkaufsstände säumten den rechteckigen Rundkurs. Im Hintergrund leuchteten die roten Lichter des Fernsehturms. Sie fuhren ein paar Runden. Der frische Fahrtwind wirbelte ihre Haare durcheinander. Das Riesenrad wurde langsamer, und ihre Gondel hielt schließlich oben an. In sechzig Meter Höhe waren die überlaute Musik, die Schreie und das Lachen angenehm leiser geworden. Beide lächelten. Clarissa griff nach der Hand ihres Vaters und hielt sie.

65

»Unsere Liste der Verdächtigen ist leer«, sagte Saskia und trommelte mit dem Stift auf die Schreibtischplatte. Sie saß Florian gegenüber im Kellerbüro des Instituts.

»Stimmt, die Anfangsverdachte gegen Hakan Aldag, Sven Rattke und Oliver Lührsen alias Sadowski haben sich allesamt in Luft aufgelöst«, stimmte Florian ihr zu. Er hatte große Lust, die Akte an die Wand zu werfen.

Saskia kaute auf dem Stift und dachte nach.

»Wollen wir nicht für heute Schluss machen und zusammen was unternehmen?«, schlug Florian vor.

»Nein, wir bleiben an dem Fall dran.«

»Manchmal hilft es, sich eine kleine Auszeit zu nehmen, um wieder einen klaren Kopf zu bekommen.«

»Ich sagte, nein.«

Florian verspürte einen Stich der Enttäuschung, er hatte sich Hoffnung auf etwas Zweisamkeit in Saskias Wohnung gemacht. Der Sex mit ihr war berauschend, fand nur zu selten statt.

»Wir könnten es noch mal mit Bahlbeck versuchen«, sagte Saskia.

»Was macht ihn aus deiner Sicht verdächtig?«, fragte Florian.

»Die meisten Sextäter stammen aus dem Umfeld der Opfer. Bahlbeck ist Lehrer an ihrer Schule. Und er hat sich für Nele interessiert, obwohl sie nicht seine Schülerin war.«

»Ich stimme dir zu. Außerdem werden pädophile Menschen nicht selten Lehrer, weil sie dann Kontakt zur Zielgruppe ihrer Begierde haben.«

»Das geht mir zu weit. Wir können nicht alle Lehrer unter Generalverdacht stellen.«

»Okay. Aber hatte Bahlbeck nicht ein Alibi durch seine Frau? Er lag doch zum Entführungszeitpunkt krank im Bett, und seine Frau hat ihn gepflegt.«

»Es wäre nicht das erste Mal, dass eine Frau ihrem Mann ein falsches Alibi gibt, um ihn zu schützen.«

Florian zögerte, was Saskia nicht entging.

»Du willst den Verdacht gegen Bahlbeck nicht wieder aufgreifen?«, fragte Saskia.

»Ich glaube kaum, dass an dem Verdacht wirklich was dran ist. Auf der Liste der Transporter-Halter tauchte Bahlbeck nicht auf«, antwortete Florian.

»Gib es zu, du scheust dich nur vor der zusätzlichen Arbeit.«

»Ich bekenne mich schuldig.« Er lächelte entwaffnend.

»Faulheit ist kein anerkannter Rechtfertigungsgrund.«

»Okay, dann schauen wir mal, ob wir den Verdacht gegen Bahlbeck erhärten können«, sagte Florian und klappte den Laptop auf.

»Was willst du tun?«, fragte Saskia.

»Von Cheng habe ich einen Link, mit dem ich eine Online-Halterauskunft einholen kann. Mal sehen, ob Bahlbeck einen Transporter hat.«

»Ist das legal?«

»Wie kann ein Link von Cheng, mit dem ich ins Kraftfahrzeugregister komme, legal sein?«

Florian machte ein paar Eingaben.

»Bahlbeck hat keinen Transporter, sondern einen Citroën C4.«

»Versuchs mal mit seiner Frau.«

Florians Finger huschten über die Tastatur.

»Mercedes Sportwagen.«

»Interessant. Sie scheint mehr Geld zu haben als er. Google mal, was sie beruflich macht.«

Florian hackte wieder auf die Tastatur ein.

»Geschäftsführerin einer Pharmafirma.«

Florian ging zurück zu der Online-Halterauskunft.

»Bingo. Auf die Pharmafirma ist ein Ford Transit zugelassen. Den könnte er sich für die Entführung von Nele ausgeliehen haben.«

»Warum tauchte dieser Ford Transit nicht auf der Polizeiliste auf?«

»Weil die Pharmafirma ihren Sitz in Schleswig-Holstein hat und die Polizei ihre Suche auf Hamburg begrenzt hatte.«

Saskia kaute wieder auf ihrem Stift und sagte dann: »Wir müssten mehr über Bahlbeck herausfinden. Insbesondere, ob er pädophile Neigungen hat.«

»Wir könnten ihn beschatten.«

66

Saskia und Florian saßen in ihrem Beetle und beobachteten die Ausfahrt des Lehrerparkplatzes gegenüber.

Zehn Minuten nach Schulschluss verließ Jasper Bahlbeck die Schule und ging zu seinem silbernen Citroën älteren Baujahrs.

Als der Wagen vom Schulgelände fuhr, startete Saskia den Motor.

In gehörigem Abstand folgte sie dem Citroën. Die kurze Fahrt endete vor der Sporthalle im Gropiusring.

Saskia und Florian warteten, bis Bahlbeck in der Sporthalle verschwunden war. Dann folgten sie ihm. Nachdem sie einem Aushang im Eingangsbereich entnommen hatten, dass Bahlbeck eine gemischte Jugendmannschaft im Handball trainierte, setzten sie sich wieder in den Wagen.

»In einem Sportverein als Trainer tätig zu sein, ist für pädophile Männer reizvoll. Sie haben Zugang zu Kindern und Jugendlichen, können ein Vertrauensverhältnis zu ihnen aufzubauen, und nach dem Training wird gemeinsam geduscht«, sagte Florian.

»Ich habe auch schon von Missbrauchsfällen im Sport gelesen. Aber nicht jeder Trainer ist ein Pädophiler«, hielt Saskia dagegen.

»Wir müssen mal versuchen, uns mithilfe von Cheng in seinen Computer zu hacken. Vielleicht liegen ja Unmengen von Kinderpornografie auf seiner Festplatte.«

Nach über einer Stunde kam Bahlbeck wieder aus der Sporthalle und fuhr weiter. Die Fahrt ging nach Sasel. Bahlbeck parkte vor einem Einfamilienhaus und ging hinein.

Saskia fuhr an dem Haus vorbei und parkte in der nächsten Seitenstraße. Dann stiegen sie aus und machten sich zu dem Haus auf.

»Praxis für Sexualtherapie und Psychotherapie«, stand auf einem silbernen Schild.

»Bahlbeck geht zum Gehirnklempner, wer hätte das gedacht«, sagte Florian.

Als sie wieder im Auto saßen, sah sich Florian auf dem Smartphone die Homepage der Praxis an.

»Schau mal, sie behandeln unter anderem Störungen der sexuellen Präferenz.«

Saskia beugte sich zu ihm und las den Text über das Behandlungsangebot.

»Vielleicht will Bahlbeck seine pädophile Störung hier loswerden.«

»Der Therapeut könnte dir bestimmt auch helfen. Vielleicht gehst du rein und besorgst dir einen Termin«, schlug Florian vor.

Saskia hob konsterniert eine Augenbraue. »Warum sollte ich eine Therapie nötig haben?«

»Vaterkomplex und Leistungsneurose.«

»Du spinnst. Ich streng mich bloß an, um eine gute Examensnote zu erreichen und dann später einen der begehrten Jobs in einer Großkanzlei zu ergattern.«

»Blödsinn. Du machst das, um deinen Vater zu beeindrucken. Es wird aber nicht funktionieren.«

»Mein Vater ist immerhin Vizepräsident des Oberlandesgerichts geworden. Das kann man über deinen nicht sagen.«

Florian schoss einen wütenden Blick auf sie ab. Saskia hatte einen wunden Punkt getroffen. Sein verstorbener Vater hatte es nur zum Streifenpolizisten gebracht.

»Und was soll das mit der Leistungsneurose?«, fragte Saskia.

»Du bist gestört, weil du jede wache Minute mit der Juristerei verbringst. Dir ist das Examen wichtiger als unsere Liebe.«

»Das stimmt nicht«, sagte Saskia mit Entschiedenheit. »Und selbst wenn, was soll daran falsch sein?«

Florian biss sich auf die Unterlippe und schwieg. Es war sinnlos, darüber mit Saskia zu diskutieren.

67

Heute wurde der Ernstfall geprobt.

Helmut Cornelius führte eine mündliche Probeprüfung durch. Florian, Saskia und zwei weitere Kandidaten saßen ihm gegenüber an einem langen Tisch. Die anderen Studenten hörten hinten im Seminarraum zu. Cornelius würde eine Stunde lang Strafrecht prüfen.

»T lernt die unselbstständige und komplexbeladene O kennen«, begann Cornelius einen Fall zu schildern.

»Die ist wie du«, flüsterte Florian.

Saskia warf ihm einen giftigen Blick zu.

»Er spiegelt ihr vor, er sei ein Bewohner des Sternes Sirius. Sie wird ihm bald hörig. Er veranlasst sie, eine hohe Lebensversicherung zu seinen Gunsten abzuschließen. Dann fordert er sie auf, sich in die Badewanne zu legen und einen eingeschalteten Föhn hineinfallen zu lassen. Sie werde sofort in einem neuen Körper am Genfer See in einem roten Raum erwachen. O tut wie geheißen, der tödliche Stromstoß bleibt jedoch aus.«

Cornelius sah auf der Suche nach Freiwilligen erwartungsvoll die Kandidaten an.

»Ich hasse diese kranken Lehrbuch-Fälle«, flüsterte Florian Saskia zu.

»Herr Hansen, der Sirius-Fall ist kein Lehrbuchfall, vielmehr beruht er auf einer wahren Begebenheit. Sie können Ihre beklagenswerte Wissenslücke in BGHSt Band 32, Seite 38 schließen.«

Florian zuckte zusammen.

»Herr Hansen, da Sie sich schon ungefragt zu Wort gemeldet haben, dürfen Sie auch anfangen. Wie hat T sich strafbar gemacht?«

»T könnte sich wegen versuchten Mordes in mittelbarer Täterschaft gemäß Paragrafen 212, 211, 25 Abs.1, 22, 23 Abs. 1 StGB strafbar gemacht haben, indem er O dazu brachte, einen eingeschalteten Föhn in die Badewanne fallen zu lassen«, sagte Florian.

»Ihr Obersatz ist korrekt.«

»Die Tat wurde nicht vollendet, da O überlebte. Der Versuch ist vorliegend strafbar, da es sich bei Mord um ein Verbrechen handelt.«

Florian wartete, bis Cornelius seine Vorprüfung abnickte.

»Das ist korrekt. Halten Sie sich nicht zu lange mit dem Vorgeplänkel auf. Was ist die Kernfrage des Falles?«

»Die Kernfrage ist, ob lediglich Anstiftung zum versuchten Suizid vorliegt oder ob T versucht hat, einen Mord durch einen anderen begehen zu lassen, und dadurch zum mittelbaren Täter geworden ist.«

»Das haben Sie richtig erkannt. Wäre eine Anstiftung zum Suizid strafbar?«

»Nein, da es keine strafbare Haupttat gibt. Suizid ist nicht strafbar.«

»Korrekt. Prüfen Sie nun die mittelbare Täterschaft.«

»Als Täter wird gemäß Paragraf 25 Abs. 1 2. Alternative StGB auch bestraft, wer die Straftat durch einen anderen begeht. T rief in O einen Irrtum über den Nichteintritt ihres eigenen Todes hervor, da er sie davon überzeugte, in einem anderen

Körper weiterzuleben. Mithilfe dieses Irrtums löste er bewusst und gewollt das Geschehen aus, das zu ihrem Tod führen sollte. T handelte kraft überlegenen Wissens. Er hat O zu einem Tötungswerkzeug gegen sich selbst gemacht. Entscheidend ist, dass O alles glaubte, was T ihr erzählte. Mithin hatte T zum Tatzeitpunkt die volle Macht über die ihm hörige O. T hat sich deswegen wegen versuchten Mordes strafbar gemacht.«

»Das war zwar kurz und knapp, aber richtig. Kommen wir zum nächsten Fall …«

Florian konnte sich ein schiefes Grinsen nicht verkneifen. Er hatte die mündliche Inquisition tatsächlich erfolgreich überstanden.

»Du hast wohl nachts heimlich gebüffelt«, flüsterte ihm Saskia zu.

68

Nele spürte, dass sich seit dem Fingerbiss etwas verändert hatte. Davor war die *Maske* beim Essenbringen immer ein paar Minuten geblieben und hatte mit ihr gesprochen. Sie hatte versucht, ihre Freundschaft zu gewinnen und sie zu streicheln. Reden war okay, aber Berührungen hatte sie nicht zugelassen.

Doch seit dem Biss gab sie sich geschäftsmäßig kühl. Sie brachte Essen, stellte es wie einen Napf für einen Hund hin und verschwand eilig wieder.

Nele tat es leid, sie so verärgert zu haben. Mit dem Streichen über ihre Wange hatte die *Maske* sie nur beruhigen wollen, weil sie aufgeregt über den Tod ihrer Mutter gewesen war. Sie hatte es bloß gut gemeint. Als Dank hatte sie zugebissen.

Sorgenfalten gruben sich in Neles Gesicht. Die *Maske* schien ihre Versorgung zunehmend als lästige Pflicht zu empfinden. Was, wenn sie bald ganz die Lust daran verlor? Was sollte sie tun, wenn eines Morgens das Licht nicht mehr anging und das Essen ausblieb? Nele biss sich auf die Unterlippe und beobachtete angespannt die Stahltür.

69

Dekan Klaus Löwenberg schob mit tadelndem Blick eine Zeitung über seinen Schreibtisch.

Professor Heckscher nahm sie widerwillig entgegen.

»Suff-Professor mit eigenem Institut belohnt«, lautete die Schlagzeile der *Abendpost*. Der wegen Alkoholproblemen untragbare Professor Heckscher sei nicht entlassen, sondern auch noch mit einem eigenen Institut für Justizirrtümer belohnt worden, hieß es darunter. Mit seiner Ernennung zu dessen Direktor sei der Bock zum Gärtner gemacht worden. Das Institut habe frisch renovierte Räume in bester Lage sowie eine Sekretärin und zwei studentische Mitarbeiter bekommen. Diese Verschwendung von Steuergeldern sei ein weiterer Uniskandal. Als dessen Direktor habe er sich ausgerechnet eines völlig aussichtslosen Falles angenommen. Der Jungjurist Virchow sei wegen der Entführung und Ermordung eines neunjährigen Mädchens zu einer lebenslänglichen Freiheitsstrafe verurteilt worden. Er habe die Tat mehrfach gestanden. Der Suff-Professor wolle eine Wiederaufnahme des Verfahrens mit dem hirnrissigen Argument erreichen, Virchow habe ein Falschgeständnis aufgrund der Einnahme überdosierter Psychopharmaka abgelegt.

»Was sagen Sie dazu?«, fragte Professor Dr. Klaus Löwenberg hanseatisch näselnd.

»Frisch renovierte Räume in bester Lage – das stimmt nicht. Das Institut ist in einem heruntergekommenen Kellerloch untergebracht«, antwortete Professor Heckscher.

Dekan Löwenberg fixierte ihn mit eisigem Blick.

»Ein bisschen mehr Dankbarkeit sollten Sie schon dafür zeigen, dass wir Sie durch das Institut vor einer Entlassung bewahrt haben. Trinken Sie denn noch?«

»Selbstverständlich nicht.«

Das war eine glatte Lüge. Heckscher versuchte wirklich, vom Alkohol loszukommen, und trank nicht mehr regelmäßig. Aber wenn sich seine Seele auf einer Nachtfahrt befand, betäubte er sich dann und wann mit einem Whisky.

»Was sagen Sie zu dem Vorwurf, Virchow sei ein aussichtsloser Fall?«

»Das wird sich erst noch zeigen. Die Ermittlungen dauern an.«

»Es wird nicht ausreichen, nur das Geständnis zu widerrufen. Sie sollten einen neuen Tatverdächtigen präsentieren.« Löwenbergs Tonfall wurde schärfer.

»Ach wirklich? Da wären wir alleine nie draufgekommen.«

»Ihren Sarkasmus können Sie sich sparen«, sagte Dekan Löwenberg mit einer wegwerfenden Handbewegung und atmete tief durch.

Professor Heckscher bemerkte, dass es Dekan Löwenberg schwerfiel, die Contenance zu wahren. Er musste ein Lächeln unterdrücken.

»Was ziehen Sie für Konsequenzen aus dem Artikel?«, fragte Löwenberg.

»Keine *Abendpost* mehr lesen.«

»Falsch. Was wir brauchen, ist ein Erfolg im Fall Virchow. Und zwar schnell.«

70

»Komm raus.«

Seltsam, dachte Nele, *Badetag ist erst vorgestern gewesen.*

Gehorsam kletterte sie aus ihrem Gefängnis und folgte der *Maske* durch den Keller. Im Erdgeschoss ging es nicht nach links zum Badezimmer, sondern nach rechts in die Garage. Darin stand der weiße Transporter, mit dem sie damals eingefangen worden war.

»Wir machen einen Ausflug«, sagte die *Maske* und öffnete die Seitentür.

»Einsteigen.«

Nele blieb stehen. Wurde sie wieder nach Hause gebracht? Oder an einen anderen Ort?

Der Moment schien zu erstarren.

Nele scheute davor zurück, in den Transporter zu steigen.

Das Garagentor war verschlossen, neben ihr stand die *Maske*.

Sie konnte nirgendwohin. Sie konnte nicht entkommen.

Die *Maske* packte sie am Oberarm und zerrte sie zur Seitentür.

»Los, rein, ich hab nicht den ganzen Tag Zeit«, herrschte die *Maske* sie an.

Nele stieg gehorsam in den Transporter und setzte sich in den Käfig.

Mit einem ratschenden Geräusch schloss ihn die *Maske* und warf die Seitentür zu.

Das Garagentor öffnete sich und der Transporter fuhr heraus.

Nele konnte vom Käfig durch die Frontscheibe Ausschnitte der Umgebung sehen. Nichts wünschte sie sich sehnlicher, als wieder nach Hause zu kommen. An den blauen Straßenschildern erkannte sie Hamburg. Das freute sie, doch den Stadtteil kannte sie nicht. Aber hätte sie nicht ihre Sachen packen und mitnehmen müssen, wenn es nach Hause ginge? Fuhren sie irgendwohin und dann wieder zurück zum Kellerverlies? Die Fahrt führte nicht nach Steilshoop, sondern raus aus der Stadt. Nele sah, dass die Umgebung bald ländlich wurde. Sie kauerte sich in einer Ecke des Käfigs zusammen. Es brannte in ihren Augen. Sie hatte die Arme um ihre Beine geschlungen und das Kinn auf die Knie gestützt. Tränen tropften auf den Blechboden. Die Fahrt würde nicht nach Hause führen.

Nach einer halben Stunde verlangsamte sich das Tempo, und sie rollten durch ein Tor mit Stacheldraht. Ein paar flache graue Gebäude kamen in Sicht. Was war das? Eine Fabrik? Der Transporter fuhr in eine Garage und hielt.

Nele wurde herausgelassen. Als sie aus dem Transporter stieg, sah sie zu dem herunterfahrenden Garagentor zurück. Rumpelnd und quietschend rollte es nach unten. Dahinter lag die Freiheit. Noch könnte sie unten durchschlüpfen. Die *Maske* packte sie am Oberarm und zog sie in die andere Richtung. Bevor sie die Garage durch eine Stahltür verließen, schaute Nele noch einmal zurück. Mit einem *Rumms!* schlug das Tor auf dem Boden auf. Die Garage war verschlossen.

Die *Maske* schubste sie vor sich hin. Der Flur sah wie der eines Krankenhauses aus, es roch auch nach Desinfektionsmitteln.

Aber keine Ärzte und Patienten waren zu sehen. Es ging durch verwinkelte Gänge in einen großen Raum mit Dutzenden Käfigen. Darin saßen Hunde, die ihre Nasen neugierig zwischen die Gitterstäbe steckten. *Was macht man mit so vielen Hunden in Käfigen?*, fragte sich Nele. War das ein Krankenhaus für Hunde?

Nele wurde von der *Maske* die Treppe runter in den Keller und dort in einen kleinen Raum getrieben, in dem nur ein Käfig stand, der wie der im Transporter aussah.

»Da rein«, sagte die *Maske*.

Nele zögerte, sie wollte nicht wieder in einen Käfig.

Die *Maske* versetzte ihr einen kräftigen Stoß zwischen die Schulterblätter, wodurch sie in Richtung des Käfigs strauchelte.

Als sie sich umdrehte, hielt die *Maske* einen Stab in ihre Richtung, aus dessen zwei Spitzen Funken sprühten. Was es auch war, es würde wehtun.

Nele kletterte in den Käfig.

Die Gittertür wurde hinter ihr abgeschlossen.

Der Ausflug hatte in ein neues Gefängnis geführt.

71

Es war schon dunkel, als Florian und Saskia das Institut verließen.

»Machen wir noch was?«, fragte Florian, während sie nebeneinander die Schlüterstraße runtergingen. Der Campus war um diese Zeit verwaist, nur hinter wenigen Fenstern der umliegenden Gebäude brannte Licht. Er hoffte, er konnte in ihre Wohnung mitkommen.

»Ich muss das Deliktsrecht wiederholen.«

»Du musst immer irgendetwas büffeln. Nie hast du Zeit«, sagte Florian mit vorwurfsvollem Ton.

»Einspruch! Wir sind von morgens bis abends zusammen.«

»Ja, im Hörsaal und im Institut. Aber das ist beruflich. Was ich will, ist Freizeit mit dir.«

Er legte seinen Arm um ihre Hüfte.

Saskia entwand sich ihm und sagte: »Ich bin Jurastudentin mit einem wichtigen Nebenjob. Ich habe keine Freizeit.«

»Bullshit. Du würdest ein gutes Examen machen, auch wenn du nicht Tag und Nacht lernst.«

»Ein paar Punkte würde es schon kosten, wenn ich dir meine Abende opfere.«

Florian schüttelte den Kopf und verdrehte gleichzeitig die Augen.

»Wenn ich dir meine Abende opfere«, äffte er sie nach. »Da haben wir es wieder. Dir ist das Examen wichtiger als unsere Liebe.«

Saskia stritt es nicht ab.

Florian verschränkte seine Arme vor der Brust, was Saskia sofort auch tat.

»Ich habe diese Auseinandersetzungen satt, Florian.« Zorn flammte in ihren Augen auf, und ihre Nasenflügel blähten sich. »Dauernd willst du mich vom Lernen ablenken und wirst sauer, wenn ich nicht mitmache. Ich mag mich nicht rechtfertigen müssen, nur weil ich ein gutes Examen machen möchte.«

»Das liegt bloß daran, dass du nie nachgibst.«

Saskia blieb stehen und sah Florian ernst an.

»Nein, es liegt daran, dass wir einfach nicht zusammenpassen.«

Florian kniff den Mund zu einer schmalen Linie und spürte, wie sich seine Stimmung verfinsterte. Es dauerte einen Augenblick, bis er sich wieder fing.

»Das glaube ich allmählich auch. Ich werde dich nicht länger mit Wünschen nach trauter Zweisamkeit behelligen.« Florians Stimme hatte einen trotzigen Unterton.

Saskias linke Augenbraue schoss in die Höhe.

»Du machst Schluss mit mir?«

»Ja.«

»Ist vielleicht besser so«, sagte Saskia schnippisch.

Sie drehte sich abrupt um und ging über die grüne Ampel in Richtung ihrer Wohnung, Florian blieb einen Augenblick verwundert stehen, dann setzte er sich in Bewegung und bog nach rechts in Richtung des Dammtorbahnhofs ab.

Er blickte ihr nicht nach.

Auch Saskia schaute nicht zurück.

72

Auf dem Flughafen und in seinen Gedanken herrschte Nebel. Jasper Bahlbeck saß am Steuer der Cessna 172. Der Sportflugplatz Hartenholm lag nördlich von Hamburg. Längsstreifen in Himmelblau zierten den weißen Sportflieger. Er war ein Geschenk seiner Frau zum fünfunddreißigsten Geburtstag vor zwei Jahren gewesen. Die dreißig Jahre alte Cessna hatte dreißigtausend Euro gekostet. Seine Frau hatte ihm damit die Freiheit geschenkt, dann und wann ihrem Würgegriff für einen Ritt über die Wolken zu entkommen. Das rechnete er Jennifer hoch an.

Jasper Bahlbeck drehte den Zündschlüssel. Das Triebwerk erwachte röhrend zum Leben. Konzentriert arbeitete er die Checkliste ab. Kompass gesetzt, Höhenmesser eingestellt, beide Tanks voll, Klappen oben, Trimmung auf Start, Transponder ein. Während das Triebwerk warmlief, gab es noch etwas zu tun. Jasper Bahlbeck nahm eine Spritze aus der auf dem Nebensitz liegenden Tasche, zog sein Hemd hoch und suchte eine Stelle an seinem Bauch. Der Fliegerarzt hatte wegen seiner Zuckerkrankheit Bedenken gegen die Ausstellung des Flugtauglichkeitszeugnisses gehabt. Zu Unrecht, denn sein Diabetes war gut eingestellt und verursachte keine Probleme. Mit tausend Euro hatte er die Bedenken ausräumen können.

Bahlbeck bekam Rollfreigabe vom Tower und rollte zur Startbahn. Dort machte er noch einen Motorcheck. Drehzahl, Öldruck und Öltemperatur waren im grünen Bereich. Der Tower erteilte Startfreigabe.

Trübe Nebelschwaden waberten über die Piste wie durch seinen Kopf. Was sollte er tun? Seine Frau hatte ihn in ein Dilemma gestürzt. Sie hatten sich heftig gestritten. So konnte es nicht weitergehen. Er hoffte, auf seinem Flug nach Sylt Klarheit über die Situation zu bekommen.

Jasper Bahlbeck schob den Gashebel bis zum Anschlag rein. Der Motor heulte auf, und das kleine Sportflugzeug beschleunigte. Nach fünfhundert Metern hob es ab. Der Nebel ging unvermittelt in Wolken über. Um ihn herum war nichts als undurchdringliches, trübes Grau. Sehen konnte er kaum etwas, er musste sich ganz auf die Instrumente verlassen. Kurs und Steigrate behielt er bei. Die Cessna schraubte sich tapfer durch die Waschküche immer weiter nach oben. Bei sechshundert Metern brach er durch die Wolkendecke. Die helle Sonne blendete ihn einen Augenblick.

Er ging auf Westkurs. In Höhe von Büsum würde er die Nordseeküste erreichen und dann an der Küste entlang nach Norden fliegen. Das Schlechtwettergebiet lag jetzt hinter ihm. Die Sicht klarte auf.

Jasper Bahlbeck wollte allein sein, um nachzudenken. Hier, in zwölfhundert Metern Flughöhe, würde ihn nichts und niemand mehr stören. Er zog das Gas heraus, und der Motor erstarb zu einem Flüstern. Das einmotorige Sportflugzeug segelte dem Horizont entgegen. Mit dem Motor fast im Leerlauf vergaß er schnell, dass er eigentlich in einer Maschine saß. Bahlbeck blickte auf die Erde hinunter. Er sah ein Dorf, eine Straße und den Fluss. Alles war klein. Die Autos wirkten wie Spielzeugautos, die Menschen und Tiere am Boden sahen von hier oben wie Ameisen aus. Alles war klein geworden, nur seine Sorgen nicht.

Wie ein Vogel glitt die Cessna über vereinzelte Schäfchenwolken, der grenzenlosen Weite des Horizonts entgegen. Der hellblaue Himmel und die weißen Wolken hatten eine beruhigende Wirkung. Hier über den Wolken gewann er zum ersten Mal seit Langem wieder Abstand zu seinen Problemen. Wenn es nach ihm ginge, würde er einfach immer weiterfliegen, dem schrecklichen Dilemma davon. Doch nach gut tausend Kilometern würde ihn ein leerer Tank unweigerlich zur Rückkehr auf die Erde und … zurück zu seinen Problemen zwingen.

Fünfzehn Minuten nach dem Start wischte sich Jasper Bahlbeck kalten Schweiß von der Stirn. Er spürte ein inneres Zittern, als hätte ihn alle Kraft verlassen. Warum war er mit einem Mal so energielos? Die Landschaft unter ihm verschwamm zu einem braungrünen Teppich. Als ihm auch noch schwindelig wurde, erkannte er die Anzeichen eines bevorstehenden Zuckerschocks. Den durfte es eigentlich nicht geben, sein Diabetes war gut eingestellt, er nahm die Medikamente vorschriftsmäßig. Er ließ das Steuerhorn los und beugte sich zu seiner Tasche auf den Nebensitz, um die Notration Traubenzucker herauszuholen und so die drohende Unterzuckerung zu verhindern. Seine Finger kribbelten, der Blick verschwamm.

Er spürte schon die Plastikverpackung der Traubenzuckerplättchen zwischen seinen Fingern, da schüttelte eine Windbö die Cessna durch. Die Tasche entglitt seinen Fingern und fiel zwischen die Pedale.

Es war, als hätte man ihm den Stecker gezogen. Sein Verstand brauchte eine Weile, um die neue Situation zu realisieren. In

Kürze würde er bewusstlos werden, und der lebensrettende Traubenzucker lag unerreichbar zwischen den Pedalen des Nebensitzes. Panik stieg in ihm auf. Mit großer Kraftanstrengung löste er den Bauchgurt und beugte sich in den Fußraum des Nebensitzes. Dabei streifte er mit dem linken Arm das Steuerhorn und verriss es.

Das Flugzeug kippte über die rechte Tragfläche ab, die Nase neigte sich Richtung Erdboden.

Die Cessna geriet ins Trudeln. Kopfüber stürzte sie – sich um sich selbst drehend – nach unten. Immer schneller kreiselnd ging es im Sturzflug hinab. Der Höhenmesser ratterte hinunter. Dafür stieg die Geschwindigkeitsanzeige bis zum Anschlag. Die Landschaft unter ihm rotierte wie auf einem Plattenteller immer schneller.

Jasper Bahlbeck hing kopfüber zwischen den Sitzen, unfähig, sich zu bewegen. Sein Schwindel verstärkte sich. In dem Wissen, dass er sich in wenigen Sekunden überhaupt keine Sorgen mehr machen musste, schloss er die Augen. Er brauchte nicht lange zu warten, bis das heulende Absturzgeräusch abrupt verstummte.

73

Florian und Saskia hatten sich neben Cheng gesetzt. Der chinesische Mathematikstudent sollte sich in Jasper Bahlbecks Computer hacken. Fänden sie dort Kinderpornografie, wäre das ein weiteres Indiz gegen ihn.

»Unser Verdächtiger heißt Jasper Bahlbeck. Schau erst mal, was es über ihn im Internet gibt«, sagte Florian.

Chengs Finger huschten im Tempo eines Maschinengewehrs über die Tastatur. Bilder blitzten auf dem Monitor nur kurz auf, um neuen Platz zu machen. Für Florian und Saskia ging es zu schnell.

Nach drei Minuten sagte Cheng: »Euer Verdächtiger ist tot.«

Florian und Saskia schauten erst Cheng an, dann auf den Monitor.

»Tödlicher Flugzeugabsturz«, lautete die Schlagzeile des Zeitungsartikels. »Eine einmotorige Cessna 172 ist gestern fünfzehn Minuten nach dem Start vom Flugplatz Hartenholm abgestürzt. Das Flugzeug zerschellte auf einem Feldstück nahe Schenefeld. Es steckte kopfüber zwei Meter tief in der Erde. Der Pilot konnte nur noch tot geborgen werden. Er wurde als der siebenunddreißigjährige Jasper B. identifiziert, ein Hamburger Grundschullehrer. Ein Experte der Bundesstelle für Flugunfalluntersuchung war vor Ort. Absturzursache waren wahrscheinlich gesundheitliche Probleme des Piloten.«

»Mist. Damit ist unser letzter Verdächtiger aus dem Spiel«, sagte Saskia.

»Was für gesundheitliche Probleme kann ein Siebenunddreißigjähriger haben?«, wunderte sich Florian.

»Soll ich weitersuchen?«, fragte Cheng.

»Nein, das hat sich erledigt«, antwortete Florian.

»Nach dem Tod des Hauptverdächtigen werden wir den Fall nicht mehr aufklären können. Wir sollten die Ermittlungen einstellen«, sagte Saskia.

Florian sah sie an Cheng vorbei überrascht an. Das schnelle Aufgeben war doch eher seine Sache, während Saskia für hartnäckiges Durchhalten stand.

»Auf Wai Lins Frage ›Geben wir auf?‹ in ›Der Morgen stirbt nie‹ antwortet Bond: ›Niemals!‹«, sagte Florian.

»Kannst du mal mit deinen kindischen Filmzitaten aufhören? Das hier ist Wirklichkeit und kein vorpubertärer Spionagefilm«, erwiderte Saskia gereizt.

Cheng rollte sich mit seinem Stuhl nach hinten aus der Schusslinie. Offensichtlich wurde ihm die Luft zu bleihaltig.

»Das ist mir auch klar. Aber wenn wir aufgeben, wird das Verbrechen an Nele für immer unaufgeklärt bleiben«, wandte Florian ein.

»Dann ist das eben so.«

Florian sah sie irritiert an.

»Wir haben keine weiteren Verdächtigen, und ich sehe auch keine neuen Ermittlungsansätze«, führte Saskia weiter aus.

»Wir könnten den Jungen befragen, der die Entführung beobachtet hat.«

»Was soll das bringen? Er konnte noch nicht einmal konkretere Angaben zum Modell und Baujahr des Transporters machen.«

»Vielleicht kriegen wir trotzdem etwas Neues aus ihm heraus. Er ist der einzige Augenzeuge der Entführung.«

»Das kannst du ja allein machen. Ich habe Besseres zu tun.«

»Vielleicht bist du wegen unseres Streits nicht ganz objektiv?«, sagte Florian.

»Ich bin *völlig* objektiv, du Mistkerl.«

74

Frau Wolkenhauer öffnete die Tür.

»Guten Tag. Wir sind die Jurastudenten. Wir hatten angerufen«, sagte Florian.

In dem Augenblick schoss aus dem Zimmer links ein Junge und rannte den langen Flur herunter.

»Ach ja, Sie haben wohl noch Fragen wegen der Entführung von Nele. Kommen Sie rein.«

Frau Wolkenhauer ließ Florian und Saskia in die Wohnung. Sie lag im sechsten Stock eines Hochhauses in Steilshoop.

»Nils, kommst du mal«, rief Frau Wolkenhauer nach hinten, während sie Florian und Saskia ins Wohnzimmer führte.

Als sich alle auf die Couch gesetzt hatten, kam Nils ins Wohnzimmer gerannt. Er sah für seine neun Jahre zu klein aus, hatte dunkelblondes Haar und Segelohren.

»Was ist?«, fragte er vor dem Couchtisch tänzelnd und rannte, ohne die Antwort abzuwarten, wieder hinaus.

»Vielleicht könnten Sie Nils bitten, sich einen Augenblick zu uns zu setzen«, schlug Saskia vor.

»Nils hat ADHS. Er kann nicht lange stillsitzen. Sie müssen sich mit Ihren Fragen beeilen.«

Nils rannte mit ausgebreiteten Armen ins Wohnzimmer und machte Motorengeräusche. Ein Flugzeug im Landeanflug.

»Nils, setz dich hin.«

Er ließ sich auf dem Sessel, der quer zum Couchtisch stand, nieder.

»Das sind Studenten, die ein paar Fragen zu der Entführung von Nele haben«, sagte Frau Wolkenhauer.

Nils hibbelte unruhig auf dem Sessel hin und her.

»Erzähl uns, was genau du gesehen hast«, sagte Saskia.

Plötzlich sprang er auf und rannte aus dem Zimmer. Seine Schritte verhallten auf dem langen Flur. Während Saskia und Florian ihm ratlos nachsahen, zuckte Frau Wolkenhauer entschuldigend mit den Schultern.

Keine zehn Sekunden später kam Nils wieder ins Zimmer gerannt und knallte ein Blatt Papier auf den Tisch.

»Ich hab ein Bild gemalt.«

Auf dem Wasserfarbenbild war ein großes weißes Raumschiff zu sehen, das vage an einen Sternenzerstörer erinnerte, aber mit »Ford« beschriftet war. Von dem Raumschiff ging ein Traktorstrahl aus, der ein kleines blondes Mädchen erfasst hatte. Auf der Brücke war ein schwarzes Männchen zu sehen und in der Ladeluke ein weißes. Während Saskia und Florian das Bild betrachteten, vollführte Nils abgehackte Drehbewegungen vor dem Tisch und gab ächzende Geräusche von sich.

»Das Imperium hat Nele entführt«, erklärte er atemlos.

»Setz dich hin«, forderte Frau Wolkenhauer ihn auf.

Nils ließ sich in den Sessel fallen.

»Nils, kann das Raumschiff auch ein weißer Transporter gewesen sein?«, fragte Saskia.

Nils nickte heftig.

»Jemand hat Nele in den Transporter gezerrt?«

Nils sah aus dem Fenster. Er hatte offenbar nicht zugehört.

Saskia schnippte mit den Fingern. Als Nils sie ansah, stellte sie ihre Frage noch einmal.

»Ja, ein Mann hat Nele in den Transporter gezerrt.«

Florian tippte auf das Bild. »Der Mann ist dann von der Ladetür nach vorn gegangen, hat sich hinters Steuer gesetzt und ist losgefahren. Richtig?«

Nils sah Florian verwirrt an.

»Nein, gefahren ist die Frau. Der Mann hat sich neben sie gesetzt.«

Florian und Saskia wechselten verwirrte Blicke.

»Es waren zwei? Ein Mann und eine Frau?«, fragte Florian überrascht.

»Alarmstufe Rot, das Schiff wird gleich explodieren! Alle Mann von Bord!« Sirenengeräusche imitierend rannte Nils aus dem Zimmer. Vom Flur waren Explosionsgeräusche zu hören. Eine Tür knallte.

»Ich fürchte, viel mehr werden Sie von Nils heute nicht erfahren«, sagte Frau Wolkenhauer mit einem entschuldigenden Blick in Richtung Flur.

»Warum hat er bei der Polizei nichts von der Frau erzählt?«, fragte Saskia.

»Hat er ja, aber sie haben ihm nicht geglaubt und es nicht ins Protokoll aufgenommen.«

»Denken Sie, Nils erzählt die Wahrheit?«

»Mein Junge hat viel Fantasie. Schwer zu sagen, was er tatsächlich erlebt hat und was seiner Fantasie entspringt.«

Florian und Saskia bedankten sich für das Gespräch und verabschiedeten sich.

Unten vor der Tür fragte Florian: »Angenommen, Bahlbeck war der Entführer, kann seine Frau darin verwickelt sein?«

»Das scheint mir unwahrscheinlich. Welche Frau würde einem Kinderschänder dabei helfen, ein Kind zu entführen und zu missbrauchen?«

»Die Bahlbeck-Spur ist eine Sackgasse.«

75

Florian hatte den ganzen Tag über noch nichts gegessen. Er fühlte sich energielos und fror, obwohl die Heizung voll aufgedreht war. Drei Tage war die Trennung von Saskia jetzt her. Er starrte aus dem Fenster der Souterrain-Wohnung auf den Hinterhof. Eine frische Brise kam auf, rot und gelb gefärbte Blätter segelten herunter. Am Boden türmten sie sich zu kleinen Haufen auf.

In den letzten drei Tagen hatte er Saskia regelmäßig im Hörsaal und bei den Ermittlungen gesehen. Sie war distanziert gewesen. Er hatte Probleme gehabt, sich zu konzentrieren, seine Gedanken waren ständig um sie gekreist. Saskia dagegen schien das nichts auszumachen. Wie immer war sie aufmerksam und fleißig.

Eine Windbö ließ das welke Laub rascheln, dann setzte Regen ein. Florian erinnerte sich daran, wie er Saskia vor einem Jahr kennengelernt hatte. Perlhuhn hatte er die Tochter aus besserem Hause genannt, weil sie Ohrringe mit Perlen trug. Sie hatte sich zickig und scharfzüngig gegeben. Gleichzeitig hatte er sie wegen ihrer braunen Augen, ihres Gesichts und ihrer Figur attraktiv gefunden. Er hatte dann mit ihr zusammen an dem Fall Hoffmann arbeiten müssen. Das war schwierig gewesen, weil sie wie Hund und Katze waren. Doch allmählich war Saskia aufgetaut. Als der Fall Hoffmann abgeschlossen war, hatten sie sich zum ersten Mal geküsst. Im Frühjahr hatten sie sich ineinander verliebt. Sie hatten Zeit füreinander gehabt, denn das Unschulds-Seminar war beendet und die Examensvorbereitung lief erst langsam an. Sie hatten sich regelmäßig verabredet und etwas zusammen unternommen. Dabei war Saskia immer lockerer geworden. Öfter hatten die Verabredungen in Saskias Wohnung geendet. Mit wildem, hemmungslosem Sex, den er ihr gar nicht zugetraut hätte. Wunderschöne Zeit. Doch – vorbei.

Florian blickte nach draußen. Der Regen prasselte gnadenlos gegen das Fenster, und es wurde dunkel. Ein Gefühl der Leere zog ihn in die Tiefe. Er vergrub sein Gesicht in den Händen.

76

Die Drohne hob ab und gewann schnell an Höhe.

Simon steuerte die Drohne. Er saß hinter dem Lenkrad seines Lieferwagens, der in einer Seitenstraße geparkt war.

»Erstaunlich, wie ruhig sie fliegt«, kommentierte Florian vom Beifahrersitz.

Die Drohne flog den Alsterlauf entlang in Richtung Norden. Cheng war es nicht gelungen, in Bahlbecks Computer einzudringen, denn er war nicht mehr online gegangen. Deshalb hatte sich Florian zu der Luftaufklärung entschlossen. Dafür war die kleine und leise Drohne perfekt.

»Flieg zur Straße«, wies Florian Cheng an.

In fünfzig Metern Höhe überflog die Drohne einen Park und erreichte eine zweispurige Straße, der sie folgte.

»Halten, nach links schwenken und sinken.«

Die Videokamera der Drohne erfasste das Anwesen der Bahlbecks von vorn. Wegen der hohen Hecke und der Bäume dahinter war von dem Haus nicht viel zu sehen.

»Jetzt einen Vollkreis um das Haus.«

Auf dem Bildschirm war ein parkähnliches Grundstück mit Wiese und Bäumen zu erkennen. Das weiße Haus mit dem schwarzen Dach hatte die Form eines L.

»Die Bahlbecks müssen Geld haben. Das große Haus mit dem Riesengrundstück direkt am Alsterlauf wird bestimmt eine Million gekostet haben«, kommentierte Simon.

»Dann ist wohl Frau Bahlbeck die Reiche. Ein Lehrer kann sich so was nicht leisten«, sagte Florian.

Vor dem Haus stand kein Auto, und im Haus schien auch niemand zu sein.

»Geh tiefer und näher ran.«

Die Drohne umrundete das Obergeschoss in geringem Abstand. Die weißen Gauben hoben sich von dem schwarzen Schindeldach ab.

»Lass uns mal in ein Fenster sehen.«

Der Bildschirm zeigte Jasper Bahlbecks Arbeitszimmer. Auf seinem Schreibtisch lag ein Stapel Klausuren, die er nicht mehr korrigieren würde.

Das Schlafzimmer der Bahlbecks kam in Sicht. Ein großes Bett, Kleiderschrank und Kommode, alles in Weiß.

»Cool, wie man mit einer Drohne anderen Leuten ins Fenster schauen kann«, freute sich Florian.

»Drohnen sind für Spanner wie uns wie gemacht.«

Die Drohne schwebte zum nächsten Fenster. Das Badezimmer. Auf dem Fensterbrett standen Kosmetika.

»Jetzt wissen wir, welches Parfüm Frau Bahlbeck benutzt«, sagte Florian.

Eine langsame Umrundung des Erdgeschosses zeigte ein Wohn-, ein Kamin- und ein Esszimmer sowie die Küche und ein weiteres Bad.

»In dem Kaminzimmer haben wir zusammengesessen«, sagte Florian.

»Wonach suchen wir eigentlich genau?«, fragte Simon.

»Nach einem entführten Kind beziehungsweise dessen Leiche.«

»Ich kann nichts Verdächtiges erkennen.«

»Flieg das Grundstück ab.«

Die Drohne drehte ein paar Runden über dem Grundstück.

»Kein Grab«, sagte Simon schließlich.

»Falls Nele hier tatsächlich vor einem Jahr umgebracht und verscharrt wurde, ist längst Gras darüber gewachsen. Flieg noch mal zum Haus zurück.«

Die Drohne flog von der Alsterseite in niedriger Höhe auf die Terrasse zu. Zwei weiße Gartenstühle und ein Tisch standen dort.

»Halt!«

Aus den Augenwinkeln hatte Florian etwas gesehen.

»Flieg nach rechts zum Wohnzimmer.«

Das dreiflügelige Wohnzimmerfenster füllte den Bildschirm aus.

»Und jetzt nach unten schwenken.«

Die Kamera neigte sich und zeigte ein Lüftungsgitter direkt über dem Boden.

»Seltsam, es sieht neu aus. Ob damit ein Verlies im Keller belüftet wird?«, sagte Florian.

»Vielleicht ist es auch nur das Lüftungsrohr des Waschkellers«, hielt Simon dagegen.

77

Saskia war mit dem geplanten Einbruch nicht einverstanden gewesen. Er war illegal, und Florians Verdacht schien ihr zu vage. Außerdem war das Verhältnis zwischen ihnen nach wie vor angespannt. Dennoch hatte sie sich überreden lassen, mitzuspielen. Sie saß in ihrem VW und beobachtete das Anwesen der Bahlbecks von der Straße aus.

Florian und sein Bruder Robert warteten auf der anderen Alsterseite. »Der Vogel ist ausgeflogen«, schrieb Saskia ihnen um sieben Uhr dreißig auf WhatsApp. Frau Bahlbeck war soeben zur Arbeit gefahren und würde in den nächsten Stunden nicht wiederkommen.

Florian und Robert waren ganz in Schwarz gekleidet und verschmolzen mit der Dunkelheit. Sie balancierten über einen umgestürzten Baum, um den schmalen Alsterlauf zu überqueren. Die morsche Rinde knirschte unter ihren Sneakers. Die Alster rauschte wie ein Gebirgsbach unter ihnen dahin. Vorsichtig setzten sie einen Fuß vor den anderen, um auf dem schlüpfrigen Baumstamm nicht auszurutschen. Sie waren erleichtert, als sie die andere Uferseite erreichten.

Robert hatte eine Tasche mit Werkzeug dabei. Vorsichtig näherten sie sich dem Haus. Kein Licht brannte. Außer vereinzelten Autos auf der Straße war nichts zu hören.

»Wir hauen sofort ab, wenn wir entdeckt werden. Mensch, ich bin auf Bewährung draußen«, flüsterte Robert.

»Wird schon nichts schiefgehen«, beschwichtigte ihn Florian.

Robert besah sich im Schein seiner Taschenlampe die Terrassentür.

»Da kommen wir ohne Probleme rein. Allerdings sehe ich Sensoren einer Alarmanlage. Die müssen wir erst knebeln.«

Robert nahm Latexhandschuhe aus seiner Tasche und gab Florian auch ein Paar. Nachdem sie die übergezogen hatten, gingen sie zur Vorderseite des Hauses. Die hohe Hecke bot guten Sichtschutz. Sie waren sicher, von der Straße aus nicht gesehen zu werden.

Direkt neben der Eingangstür hing ein Blitzlicht mit Sirene unter dem Dach. Florian musste Räuberleiter spielen. Robert klebte das rote Xenon-Blitzlicht mit schwarzem Klebeband ab. Dann jagte er eine Dose Bauschaum in die Schlitze der Sirene.

Florian folgte Robert, der, den Blick auf den Boden gerichtet, zum linken Flügel ging. Im Schein von Roberts Taschenlampe tauchte ein kleiner grauer Kasten an der Hauswand auf.

»Das ist der Hausanschluss der Telekom.«

Robert durchtrennte alle Kabel mit einem Seitenschneider.

»Jetzt kann die Alarmanlage keinen Telefonanruf mehr absetzen.«

Sie umrundeten das Haus, bis sie wieder an der Terrassentür waren. Robert zog einen Störsender aus der Tasche und schaltete ihn an. Er blockierte alle Frequenzen, auf denen die Alarmanlage per Funk den Einbruch an die Zentrale hätte melden können.

»Wir gehen jetzt rein«, schrieb Florian Saskia.

Robert holte eine Brechstange aus seiner Tasche und schob deren Ende zwischen Tür und Rahmen. Ein Ruck, ein Knacken, und die Tür war offen.

Sie warteten gespannt. Doch keine Alarmsirene ertönte und kein rotes Blitzlicht durchschnitt die Dunkelheit.

Florian und Robert betraten das Haus. Mithilfe der Taschenlampe bahnten sie sich ihren Weg den Seitenflügel entlang. Abgesehen von dem Lichtkegel der Taschenlampe war es stockfinster. Im Flur blinkte die Alarmanlage hektisch, doch niemand draußen würde es bemerken.

Sie stiegen die Treppe zum Keller hinab. Unten schaltete Florian das Licht an und steckte die Taschenlampe weg. Das Kellerlicht würde draußen nicht zu sehen sein. Sie standen im Heizungsraum. Dahinter folgte ein Abstellraum, mit Gerümpel vollgestellt. Dann ein Fitnessraum mit einem Laufband, einem Crosstrainer, einer Hantelbank und einem Multifunktionsturm. Den Abschluss bildete eine geräumige Sauna.

»Tja, Fehlanzeige. Lass uns wieder gehen«, sagte Robert.

»Moment mal.«

Florian inspizierte die Sauna. Auf den ersten Blick war nichts Verdächtiges zu erkennen.

»Die Sauna hat keine Entlüftung. Draußen ist aber ein Lüftungsrohr.«

Florian kletterte auf die Bank und klopfte gegen die Holzrückwand. Dann rüttelte er daran.

»Die Wand wirkt locker.«

Nachdem er ein paar Mal versucht hatte, die Wand zu bewegen, konnte er ein Segment nach oben schieben und herausheben. Es war nur eingehakt gewesen.

»Ich habe was entdeckt.«

Die Öffnung in der Rückwand war etwa einen Meter mal einen Meter groß. Dahinter befand sich eine ebenso große Stahltür. Florian drückte den Griff herunter, und sie ließ sich öffnen.

»Volltreffer! Komm, Robert.«

Florian stieg durch die Öffnung. Dahinter lag ein weiterer Raum im Dunkeln. Er tastete nach dem Lichtschalter und eine Neonröhre an der Decke erwachte summend zum Leben. Daneben sah er eine Entlüftung. Die zwei mal drei Meter große Zelle war verwaist. Wände und Boden bestanden aus nacktem Beton.

Robert kam hinterher und sagte: »Der Eingang zu der Zelle ist perfekt getarnt.«

Ein Kinderbett stand an der Wand, darauf lagen Kissen und Bettdecke mit Disneymotiven. In der Ecke war eine Chemietoilette eingebaut. Auf einem Schreibtisch stand ein kleiner Fernseher, daneben lagen Malsachen. Eine Schublade der Kommode stand offen, die Kleidung darin stammte eindeutig von einem Mädchen. Das einzige Geräusch war das Klappern des Ventilators an der Decke.

Florian zückte sein Smartphone und machte Fotos.

»Sieht ja aus wie ein Kinderzimmer«, sagte Robert erstaunt.

Florian entdeckte einen Schulranzen. Er nahm ihn hoch und suchte ein Namensetikett. »Nele, Klasse 4b«, fand er in Mädchenschrift geschrieben.

»Hier wurde Nele gefangen gehalten«, sagte er entsetzt.

Robert nahm einen fast leeren Joghurtbecher vom Schreibtisch und sah ihn sich an. »Und zwar bis vor Kurzem. Die Joghurtreste sind nicht alt und das Haltbarkeitsdatum ist noch nicht überschritten.«

»Lebt Nele noch?«

78

»Ich bin geschockt«, sagte Saskia, nachdem Florian ihr im Auto auf der Heimfahrt von dem Kellerverlies im Haus der Bahlbecks erzählt hatte. Robert saß auf der Rückbank.

Wieder waren sie sich so nah, dass Florian ihr Parfüm riechen konnte. Verstohlen betrachtete er Saskias Profil, während sie den Beetle lenkte. Doch für solche Gedanken war jetzt keine Zeit. Sie mussten dringend Nele retten, falls sie noch lebte. Florian klappte den Laptop auf.

Nach einer halben Stunde erreichten sie Saskias Wohnung. Sie machte Kaffee, und alle drei setzten sich an den Couchtisch.

»Reicher Papi?«, fragte Robert, nachdem er sich in der Eigentumswohnung mit Alsterblick umgesehen hatte.

»Ja«, antwortete Saskia knapp.

»›Laboratorium für Pharmakologie‹ heißt Jennifer Bahlbecks Firma. Sie liegt in der Nähe von Niedermoorholm, zwanzig Kilometer nördlich von Hamburg«, berichtete Florian. »In Wirklichkeit ist es ein Labor für Tierversuche.«

Saskias Augenbrauen fuhren in die Höhe.

»Woher weißt du das?«

»Von der Homepage einer Initiative gegen Tierversuche. Neue Medikamente werden dort an Hunden getestet. Nie hat ein Hund das Labor lebend verlassen.«

»Klingt ja gruselig.«

»Die Labor-Webseite ist auf Hochglanz getrimmt und vage. Aggressives oder antisoziales Verhalten sei ein großes Problem unserer Zeit, heißt es da. Sie würden an Medikamenten forschen, die Menschen friedlicher machten und Wut- und Gewaltausbrüche verhinderten.«

»Du glaubst, das funktioniert?«

»Mich erinnert es an ›A Clockwork Orange‹ von Stanley Kubrick. Da soll der gewalttätige Alex mittels einer Gehirnwäsche zu einem Gutmenschen konditioniert werden. Das klappt aber nicht. Alex wird verrückt und will sich umbringen.«

»Was hast du sonst noch über das Labor herausgefunden?«

»Nichts, nicht mal mit Chengs Hilfe. Sie setzen auf strikte Geheimhaltung. Du kannst die Firma auf Google Earth zwar sehen, ansonsten ist sie aber wie ein schwarzes Loch.«

»Zeig mal.«

Florian nahm Saskias Notebook, rief Google Earth auf und drehte ihr den Bildschirm hin. Auf der Satellitenaufnahme war ein rechteckiges Grundstück mit mehreren flachen grauen Gebäuden zu sehen. Von Feldern umgeben. Das nächste Dorf war zwei Kilometer entfernt.

»Die Lage im Nirgendwo ist perfekt, wenn man ungestört Tiere quälen will«, sagte Saskia.

»Oder wenn man ein Kind verstecken will.«

»Zeig mir die Seite von den Tierrechtlern.«

Auf dem Monitor erschien das Foto eines Hundes hinter Gittern, der traurig in die Kamera schaute.

»Das Gefühl, hinter Gittern eingesperrt zu sein, kenne ich«, kommentierte Robert.

Laborhunde würden in Käfigen gehalten, hieß es anklagend im Text. Es würden Psychopharmaka an ihnen getestet, die aggressive Hunde friedlich machen sollen. Um sie vor dem Medikamententest aggressiv zu machen, würden sie mit Elektroschocks gequält.

»Das vermuten die Tierrechtler aber nur, sie waren nie in dem Labor, oder?«, fragte Saskia.

»Nein, das Betriebsgelände ist mit einem hohen Zaun mit Stacheldraht hermetisch abgesichert. Da kommt niemand rein. Kürzlich ist in der Umgebung aber ein Hund aufgetaucht, der vermutlich dort entlaufen war. Das Tier war völlig verstört und mit Brandmalen wie von Elektroschockern übersät.«

Robert sah sich ein Foto des Eingangs genauer an.

»Heavy Sicherheitsvorkehrungen. Da kommt tatsächlich keiner rein.«

»Übel. Und du siehst einen Zusammenhang zwischen Nele und dem Labor?«, fragte Saskia.

»Der liegt auf der Hand. Nele wurde bis vor Kurzem in dem Keller gefangen gehalten. Dann wurde sie dort weggebracht, weil das Pflaster nach Jasper Bahlbecks Tod zu heiß wurde. Wahrscheinlich ist sie jetzt in dem Labor – in Lebensgefahr.«

»Du willst doch nicht versuchen, in das Labor einzudringen?«

»Genau das. Die Zeit läuft uns davon.«

Er wandte sich seinem Bruder zu.

»Kannst du uns helfen, da reinzukommen?«

Robert hob entschuldigend beide Hände.

»Sorry, aber das ist eine Nummer zu groß für mich. Ich bin nur auf Bewährung draußen.«

»Außerdem müssen wir Hecki anrufen«, warf Saskia ein.

»Du hast recht.« Florian nahm sein Handy, wählte und schaltete auf Freisprechen. Beim fünften Klingeln ging Professor Heckscher ran.

Florian berichtete ihm von dem Kellerverlies im Haus der Bahlbecks und ihrer Vermutung, dass Nele jetzt in dem Tierversuchslabor gefangen gehalten wurde.

»Seid ihr nicht ganz bei Trost, in ein Haus einzubrechen?«, schimpfte Heckscher. »Ihr wollt doch Juristen werden und nicht selbst ins Gefängnis wandern.«

»Wir sahen keinen anderen Weg. Und wir wollen es noch mal machen, diesmal ins Labor.«

»Auf gar keinen Fall. Wir müssen uns morgen zusammensetzen und überlegen, was wir der Polizei sagen, damit sie die weiteren Ermittlungen gegen das Labor aufnimmt. Vielleicht können wir uns irgendeine Geschichte ausdenken, aufgrund derer wir von dem Kellerverlies wissen, ohne dort eingebrochen zu sein.«

»Professor Heckscher, hier ist Saskia. Wir glauben, der Entführer hat Nele in das Labor verbracht, um sie zu ... töten. Wir müssen sie sofort retten.«

Einen Augenblick war nur das Rauschen in der Leitung zu hören.

»Wenn diese Tierversuchs-Mafia dahintersteckt, sind das gefährliche Leute. Ihr dürft nichts auf eigene Faust unternehmen. Wir treffen uns morgen in der Uni und ...«

»Das geht nicht«, unterbrach ihn Florian. »Heute können wir Nele vielleicht noch retten, morgen könnte es zu spät sein.«

»Okay, ich sehe ein, zwei Jurastudenten – zu allem entschlossen – kann ich nicht aufhalten.«

»Sie sind einverstanden?«, fragte Saskia überrascht.

»Solltet ihr gefangen oder getötet werden, streite ich jedes Wissen über euren Einbruch ab – euer Handy wird sich innerhalb von fünf Sekunden selbst zerstören.«

Es klickte in der Leitung.

Entgeistert sah Florian sein Handy an. Doch es explodierte nicht.

79

Das Mädchen musste sterben.

Jennifer Bahlbeck war Neles überdrüssig geworden. Ein Jahr lang hatte sie versucht, ihre Zuneigung zu gewinnen. Sie hatte sie behandelt, als wäre sie ihre eigene Tochter. Sie wäre eine viel bessere Mutter gewesen als diese Tresenschlampe. Doch Nele war abweisend und kratzbürstig geblieben. Jasper, der Idiot, hatte sogar darauf bestanden, sie freizulassen.

Jennifer Bahlbeck trug einen weißen Arztkittel und ging in einen Behandlungsraum im Hauptgebäude. Sie nahm ein Spritzenbesteck aus dem Schrank und eine Flasche mit dem Barbiturat Natrium-Pentobarbital, das zum Einschläfern der Versuchstiere verwendet wurde. Wenn Labortiere die Versuche überlebten, waren sie auf die eine oder andere Art geschädigt. Sie konnten nicht erneut eingesetzt werden, das hätte die Ergebnisse verfälscht. Und es gab noch einen anderen, gewichtigeren Grund, warum kein Tier das Labor lebend verlassen durfte. Niemand da draußen sollte erfahren, was für Experimente sie mit den Tieren gemacht hatten. Die Tierrechtler hätten jedes freigelassene Tier als lebendes Beweismittel gegen das Labor verwendet. Also stand am Ende jeder Versuchsreihe das große Töten. Nach einer Injektion mit Pentobarbital fielen die Labortiere schnell in einen tiefen Schlaf, der in Herz- und Atemstillstand überging.

Wenn schon kein Tier das Labor lebend verlassen durfte, so galt das erst recht für das Mädchen. Sie hatte zu viel gesehen und würde ihr die Polizei auf den Hals hetzen. Sie war nichts weiter als ein misslungenes Experiment, dessen Spuren es zu beseitigen galt.

Was mag die Göre wiegen?, fragte sich Jennifer Bahlbeck. So viel wie ein Labrador, also um die dreißig Kilo? Sie zog fünfzehn Milliliter Pentobarbital auf. Dann steckte sie die Schutzhülle auf die Kanüle und ließ die Spritze in ihre Kitteltasche gleiten.

Das Labor verfügte sogar über ein eigenes Krematorium. Die Tierrechtler sollten auch keine Tierkadaver in die Finger bekommen, um diese öffentlichkeitswirksam gegen das Labor verwenden zu können. Der erdgasbefeuerte Flachbettofen verwandelte die Versuchsüberreste bei tausend Grad in Asche.

In dem würde auch Nele heute enden.

80

Das Labor lag in dichtem Nebel.

Florian und Saskia stapften über einen Acker. Saskia hatte ihren VW in einem Waldweg hinter ihnen abgestellt.

»Da lang«, sagte Florian nach einem Blick auf sein Smartphone und zeigte auf eine Nebelbank. Er trug eine schwarze Umhängetasche. Schweigend gingen sie über den harten Boden des Ackers. Ihr Atem bildete weiße Wölkchen.

Langsam schälten sich Lichter aus dem Grau: Laternen auf dem Laborgelände und vereinzelte beleuchtete Fenster.

»Betreten verboten! Lebensgefahr!«, stand auf einem rot umrandeten Warnschild.

»Die reinste Mission Impossible«, sagte Florian.

»Du bist Ethan Hunt?«

»Und du Ilsa Faust.«

Der Zaun war vier Meter hoch und unüberwindbar. Er bestand aus einem engmaschigen Gitter, oben rollte sich NATO-Stacheldraht mit rasiermesserscharfen Klingen. Unmöglich, drüberzuklettern. Die Unterseite des Zauns endete in einem Betonfundament. Sie hätten sich nicht unter ihm durchgraben können. Auch Durchschneiden war keine Option, weil sie damit auch die Signaldrähte durchtrennt hätten, die Alarm auslösten.

»Was nun?«, fragte Saskia. Sie standen auf dem Feld neben dem Laboratorium. Im Strahl ihrer Taschenlampen funkelte der Zaun silbern.

»Wir gehen übers Tor rein«, antwortete Florian.

Bevor Saskia nachfragen konnte, marschierte er auch schon Richtung Straße los.

Am Tor angekommen, richtete Florian seine Taschenlampe auf das Schloss und inspizierte es. Dann zog er Saskia in ein Gebüsch auf der anderen Straßenseite. Er holte ein Notebook aus seiner Tasche, an dem seitlich ein Empfänger mit einer kurzen Antenne steckte.

»Was machen wir nun?«, fragte Saskia und rieb sich die kalten Hände.

»Warten, bis jemand das Tor öffnet.«

»Warten ist schlecht, ich friere.«

»Da musst du durch.«

Sie standen zitternd im Gebüsch. Florian hauchte warme Luft in seine kalten Hände, Saskia ging stampfend hin und her, um die Blutzirkulation in ihrem Körper anzuregen.

»Was ist das für eine gottverlassene Gegend«, sagte Florian, als nach zehn Minuten noch kein einziges Auto vorbeigekommen war. Weitere zehn Minuten später bohrten sich Scheinwerfer durch die Dunkelheit.

Ein Auto hielt vor dem Tor, das sich wie von Geisterhand öffnete. Das Auto fuhr durch, und das Tor schloss sich wieder.

Florian stand auf.

»Wir machen jetzt eine Replay-Attacke.«

»Aha, was ist das?«

»Das Tor lässt sich durch ein Funksignal mit einem verschlüsselten Code öffnen. Den Verschlüsselungscode habe ich gerade mitgeschnitten.«

Florian trat aus dem Gebüsch und warf einen Blick die Straße links und rechts runter, dann auf das Laborgelände. Soweit er bei dem Nebel erkennen konnte, war die Luft rein.

»Komm«, sagte er zu Saskia und ging auf das Tor zu. Dabei drückte er eine Taste auf dem Notebook, wodurch das Öffnungssignal wieder abgespielt wurde. Das Tor schwang auf, und sie schlichen hindurch. Mehrere Laternen beleuchteten das Gelände.

Bei dem Hauptgebäude rechts handelte es sich um einen zweistöckigen Zweckbau in kaltem Grau. Von ihm gingen mehrere längliche Flachbauten ab.

Auf dem Parkplatz davor standen drei Fahrzeuge, eins war ein weißer Ford Transit.

»Schau mal, da steht ein weißer Transporter«, sagte Saskia.

»Wir sind auf der richtigen Spur.« Florian sah sich um und entdeckte zwei Überwachungskameras, die auf den Parkplatz und den Eingang gerichtet waren.

Der Empfangsbereich war erleuchtet. Schemenhaft konnten sie einen Wachmann hinter dem Tresen sehen.

Über den Vordereingang würden sie nicht hineinkommen.

Florian und Saskia drückten sich links am Hauptgebäude vorbei.

»Hast du den Wachmann und die Kameras gesehen? Was, wenn sie uns erfasst haben?«, fragte Saskia.

»Wenn sie uns erwischen, werden wir standrechtlich erschossen.«

»Welcher Film?«

»›Unternehmen Petticoat‹, Kriegskomödie mit Cary Grant.«

An der linken Gebäudeseite fanden sie eine Rampe mit einem Eingang. Florian rüttelte erfolglos am Griff der

Stahltür. Im Schein der Taschenlampe musterte er die massive Tür.

»Wenn wir Glück haben, ist es derselbe Code.«

Er holte den Laptop aus der Tasche und klappte ihn auf. Nachdem er eine Taste gedrückt hatte, ertönte der Türsummer.

Sie waren drinnen.

81

Jennifer Bahlbeck war auf dem Weg zum Krematorium, um die Einäscherung von Nele vorzubereiten. Es lag ganz am Ende des Gebäudekomplexes.

Im Zwinger I befanden sich vierundzwanzig Versuchshunde. Ein Pharmaunternehmen hatte ein Psychopharmakon zur Behandlung von aggressiven und kriminellen Jugendlichen entwickelt. Es sollte sie zu friedlichen und sozial angepassten Bürgern machen. Quasi eine Resozialisierung in Tablettenform. Das Medikament sollte im Labor zunächst an Hunden getestet werden, später würden Affen folgen. Für die Versuchsreihe mussten die Hunde erst aggressiv gemacht werden. Alle bekamen rohes Fleisch zu fressen, das die Gier nach Blut in ihnen erzeugen sollte. Ein Teil der Hunde bekam zusätzlich Steroide. Und alle wurden mit Viehtreibern und anderen Schlagstöcken gequält. Das war der Teil des Experiments, der ihr am meisten Spaß machte.

Vor dem Zwinger I hing ein Viehtreiber an der Wand. Sie nahm ihn und öffnete leise die Tür. Das Licht ließ sie aus. Nur die Atemgeräusche der schlafenden Hunde waren zu hören. Im Käfig rechts lagen zwei Hunde. Sie steckte den Viehtreiber durch das Gitter. An der Spitze des einen Meter langen Stabes befanden sich zwei Elektroden. Jennifer Bahlbeck drückte auf den Auslöser und schickte sechstausend Volt in die Hoden des Hundes. Das Tier hob geradezu ab. Ein schriller Schrei zerriss die nächtliche Stille. Das hätte sie mit Jasper auch machen sollen, dann hätte er besser gehorcht. Der zweite Hund öffnete gerade verschlafen die Augen, als sie ihn traf. Infolge des Stromstoßes, den sie dieses Mal etwas geringer dosiert hatte, zuckte sein Körper krampfartig.

Das Jaulen und Winseln weckte die anderen Hunde. Damit war das Überraschungsmoment dahin, aber das machte nichts. Einige Rottweiler kamen zähnefletschend ans Gitter und versuchten, sie zu verbellen. Das Kratzen ihrer Krallen an den Metallstangen klang wie das Wetzen von Messern. Wenn sie die Gitter nicht davon abgehalten hätten, wären sie über sie hergefallen und hätten versucht, sie totzubeißen. Gut so, das Experiment machte Fortschritte.

Jennifer Bahlbeck bemühte sich auf ihrem Weg zum anderen Ende möglichst vielen Hunden eine Stromladung zu verpassen. Auch die Hunde, die keinen Stromstoß abbekamen, würde sie damit in Angst versetzen und aggressiv machen. Das Bellen, Jaulen und Winseln wurde unerträglich. Der Geruch versengten Fleisches erfüllte die Luft.

82

Mit einem dumpfen Knall fiel hinter ihnen die Stahltür ins Schloss.

Florian schwenkte seine Taschenlampe. Sie standen in einem Lagerraum. Auf Paletten lagen Säcke mit Hundefutter.

Florian ging zur Tür und öffnete sie. Sie führte zu einem langen Flur. Die Deckenbeleuchtung war eingeschaltet. Er lauschte, aber nichts war zu hören.

»Wir müssen vorsichtig sein. Hier können irgendwo Mitarbeiter sein«, flüsterte Florian.

Sie sahen sich die Türschilder an: Behandlungsräume und Labors.

»Es sieht hier aus wie in einer Tierklinik«, sagte Florian. Versuchsweise rüttelte er an einer Tür, die jedoch verschlossen war.

»Wo würdest du ein Mädchen verstecken?«

»Ganz hinten und im Keller«, antwortete Saskia. Sie wandte sich zu einem Brandschutzplan an der Wand, auf dem der Gebäudegrundriss zu sehen war.

»Dort«, sagte Saskia und zeigte auf das Krematorium.

»Ich glaube auch, Nele ist dort. Hoffentlich lebt sie noch.«

Sie nahmen eine Abzweigung nach links. Nach zehn Metern standen sie vor einer Stahltür, die mit »Zwinger I« beschriftet war. Florian legte sein Ohr an die Tür und lauschte.

»Was machst du da?«, fragte Saskia.

»Regel Nummer sieben für das Überleben in Horrorfilmen: Öffne die verschlossene Tür nur, wenn von der anderen Seite kein Kratzen, schweres Atmen oder andere seltsame Geräusche zu vernehmen sind.«

Florian konnte nichts Verdächtiges hören und machte die Tür vorsichtig auf.

Der Raum dahinter lag im Dunkeln.

»Hier stinkts«, sagte Saskia und hielt sich die Nase zu. Es roch nach nassem Fell, verbranntem Fleisch und Fäkalien.

Florian fand den Lichtschalter. Augenblicklich setzte ohrenbetäubendes Gebell ein.

In Edelstahlkäfigen waren Dutzende Rottweiler eingesperrt. Manche steckten ihre Schnauzen kläffend und zähnefletschend durch die Gitterstäbe, andere lagen apathisch auf dem Boden.

»Schau dir ihre Brandwunden an«, sagte Saskia entsetzt.

»Nach dem Bericht der Tierschützer sollen sie mit Elektroschockern gequält werden.«

»Die armen Hunde.« Saskia wollte die Riegel der Käfige aufschieben.

»Du, wir haben jetzt keine Zeit, um Hunde zu retten. Wir müssen Nele finden.«

Florian zog sie am Oberarm durch den langen Zwinger. Dahinter erreichten sie ein Treppenhaus, in dem ein Schild zum Krematorium im Keller wies.

83

Uwe Strothmann, ein übergewichtiger Fünfundfünfzigjähriger, war hinter dem Empfangstresen halb eingeschlafen. Er rauchte und trank zu viel. Die Füße hatte er auf den Nachbarstuhl gelegt. In den Nachtschichten passierte nie etwas. Die Tierrechtler kamen zum Demonstrieren immer nur tagsüber. Seine Nächte waren langweilig, wurden aber gut bezahlt. Er verdiente jetzt erheblich mehr als früher als Polizist. Die übertarifliche Bezahlung war zum Teil Schweigegeld. Niemandem draußen durfte er erzählen, was sich in dem Labor abspielte. Die Experimente gingen ihn auch nichts an. Seine Aufgabe war, das Betreten des Labors durch Unbefugte zu verhindern.

Plötzlich erwachte der bis dahin dunkle Monitor für Zwinger I zum Leben. Zwei Personen waren im Zwinger und hatten das Licht eingeschaltet. Im Labor befanden sich außer ihm nur noch die Chefin und ein Tierpfleger. Doch die beiden waren es nicht, die gerade durch den Zwinger schlichen. Was waren das für Leute? Sie sahen wie Studenten aus. War das eine Tierbefreiung in einer Nacht-und-Nebel-Aktion?

Strothmann war mit einem Schlag wach. Seine Anweisung bei Einbrüchen lautete, die Chefin anzurufen und die Lage möglichst selbst zu klären. Die 110 sollte er nur im absoluten Notfall wählen, herumschnüffelnde Polizisten waren im Labor unerwünscht. Die Chefin anzurufen brauchte er gar nicht erst zu versuchen, sie musste irgendwo hinten im Labor sein. Wahrscheinlich liefen ihr die Studenten bereits über den Weg, noch bevor er dort eintraf. Er stand auf und zog den Gürtel hoch, an dem das Holster mit seiner Dienstwaffe hing. Dann lief er los.

84

Florian hörte ihn, bevor er ihn sah.

Mit Saskia durchsuchte er gerade den Todestrakt des Labors im Keller. Sie hatten schon einen Obduktionsraum und einen Tiefkühlraum voll mit Tierkadavern gefunden. Dann hatten sie sich aufgeteilt.

Jemand kam die Stahltreppe herunter. Schwere Schritte ließen das Metallgeländer der Treppe erzittern. Das musste der Wachmann sein.

»Wir bekommen Gesellschaft!«, rief Florian und sah hinter sich, konnte Saskia aber nicht entdecken.

Die Schritte kamen näher.

Gerade als der Wachmann im Flur auftauchte, kam Saskia aus einem Raum.

»Halt! Stehen bleiben!«, rief der Uniformierte.

Saskia fror in der Bewegung ein.

Florian war vier Meter entfernt und tauchte in den nächsten Raum ab. Er sah sich hektisch nach einer Waffe um, konnte aber nur einen Feuerlöscher an der Wand entdecken.

Plötzlich drehte sich Saskia um und rannte in Florians Richtung.

Der Wachmann zog seine Pistole und gab einen ungezielten Schuss über ihren Kopf ab. Der Knall war in dem langen, schmalen Flur ohrenbetäubend.

Saskia zuckte zusammen und duckte sich instinktiv, als das Geschoss über ihr in die Decke fuhr und Betonsplitter und Staub auf sie herabregnen ließ.

Florian riss den Feuerlöscher aus der Halterung, hechtete aus der Türöffnung und rannte auf den Wachmann zu.

Dessen Augen weiteten sich ungläubig.

Im Laufen feuerte Florian eine Ladung Löschpulver auf das Gesicht des Wachmanns ab. Der griff sich mit einer Hand reflexartig an die Augen, mit der anderen richtete er die Pistole grob auf Florian.

Der trat gegen die Pistole und schlug die Mündung nach oben.

Ein weiterer Schuss löste sich und fuhr in die Decke.

Dann schmetterte Florian den Feuerlöscher mit voller Wucht dem Wachmann gegen die Schläfe. Er stöhnte laut auf, Blut spritzte aus der Kopfplatzwunde, und er sank zu Boden.

85

Der Ofen würde in wenigen Minuten seine Betriebstemperatur erreicht haben. Jetzt musste Jennifer Bahlbeck nur noch Nele einschläfern und hineinverfrachten, am besten zusammen mit ein paar Tierkadavern. Übrig würde nur ein Haufen Asche bleiben, dem nicht anzusehen wäre, dass er die Überreste eines Kindes enthielt.

Jennifer Bahlbeck blieb stirnrunzelnd stehen. Trotz des fauchenden Ofens meinte sie, Geräusche gehört zu haben. Es hatte wie zwei Schüsse geklungen. Sie lauschte, konnte außer dem Ofen aber nichts weiter hören.

Sie nahm ihr Smartphone und rief den Empfang an. Niemand nahm ab. Wahrscheinlich machte der Wachmann gerade seine Runde.

Vielleicht hatte sie sich auch verhört. Jetzt musste erst mal Nele beseitigt werden. Sie nahm den Viehtreiber und machte sich auf den Weg zum Todestrakt.

86

Schnell hatten Florian und Saskia die Räume im Todestrakt durchsucht.

Alle bis auf einen, denn der war verschlossen. »Euthanasie«, stand auf dem Türschild.

Florian holte eine Brechstange aus seiner Tasche und hebelte die Tür auf. Mit einem lauten Knacken öffnete sie sich.

Der Raum war dunkel. Leise Atemgeräusche waren zu hören. Noch mehr Hunde?

Florian tastete nach dem Lichtschalter.

Ein bizarr-schockierender Anblick bot sich ihnen.

In einem Käfig saß ein Mädchen eingehüllt in eine Wolldecke. Verängstigt blinzelte es in das grelle Licht.

Daneben standen ein stählerner Behandlungstisch und ein Medikamentenschrank. Hier wurden die Hunde eingeschläfert.

Mit einem Satz waren Florian und Saskia am Käfig.

»Bist du Nele?«, fragte Saskia.

Das Mädchen nickte schüchtern.

Saskia drehte sich zu Florian und warf ihm ein strahlendes Lächeln zu.

»Wir haben sie gefunden«, rief er und reckte triumphierend die Faust in die Luft. »Wir holen dich hier raus.«

»Woher kennt ihr meinen Namen?«

»Wir sind Jurastudenten, haben uns mit deinem Fall beschäftigt und nach dir gesucht«, antwortete Saskia.

Nele schaute Saskia verwirrt an.

Florian besah sich das Vorhängeschloss am Käfig.

»Meine Mama ist tot?«

»Nein, sie lebt, und du wirst sie bald wiedersehen.«

Nele starrte Saskia ungläubig an. »Wirklich?«

Florian holte einen Bolzenschneider aus der Tasche und durchtrennte den Bügel des Schlosses.

Die Käfigtür schwang quietschend auf.

»Du kannst rauskommen.«

Nele zögerte.

»Wir sind die Guten. Wirklich! Wir sind gekommen, um dich zu retten.«

Langsam krabbelte Nele aus dem Käfig.

87

Als Jennifer Bahlbeck den Flur betrat, sah sie sofort, dass etwas nicht stimmte. Der Wachmann lag am anderen Ende auf dem Boden und kam gerade wieder zu sich. Er hatte eine Wunde am Kopf. Seine Pistole lag neben ihm. Also hatte sie doch Schüsse gehört.

Aus dem Euthanasieraum rechts fiel ein Lichtstreifen auf den Flur. Dabei hatte sie ihn abgeschlossen. *Was war hier los?*

Leise schlich sie weiter. Die Tür stand offen. Sie konnte Stimmen aus dem Raum hören, aber nicht verstehen, was gesagt wurde. Sie verharrte und überlegte. Waren da drinnen Leute, um das Mädchen zu befreien? Sehr seltsam. Die Tierschützer interessierten sich nur für die Labortiere, von dem Mädchen hier wusste draußen doch niemand. Eine Befreiung musste sie unter allen Umständen verhindern. Sie schaltete den Viehtreiber auf maximale Leistung. Fünfhunderttausend Volt würden auch den stärksten Mann zu Boden schicken.

Der Wachmann nahm seine Pistole und stand mühsam wieder auf. Er wirkte unsicher auf seinen Beinen und stützte sich an der Wand ab. Jennifer Bahlbeck gab ihm mit einem Handzeichen zu verstehen, dass er dortbleiben sollte. In seinem Zustand war er keine Hilfe.

Mit dem Viehtreiber im Anschlag ging sie auf die offene Tür zu. In dem Moment kam eine junge Frau mit dem Mädchen an der Hand heraus. Sie blieb mit schreckgeweiteten Augen stehen. Das Mädchen riss sich los. Bevor die junge Frau reagieren konnte, rammte Jennifer Bahlbeck ihr den Viehtreiber in den Bauch und drückte ab. Ein Knistern, ein kurzes Aufstöhnen, dann ging die Frau lautlos zu Boden. Das Mädchen rannte an Jennifer Bahlbeck vorbei.

»Bleib stehen!«, rief sie.

Der Wachmann versuchte, das Mädchen zu greifen, als sie an ihm vorbeirannte. Doch er war noch zu benommen. Seine fleischigen Hände griffen ins Leere.

Ein junger Mann schoss aus dem Raum. Jennifer Bahlbeck schwenkte den Viehtreiber in seine Richtung, verfehlte ihn aber. Er entlud sich funkensprühend am stählernen Türrahmen. Der Mann packte den Viehtreiber mit beiden Händen und riss ihn über ihren Kopf hoch. Er war größer und stärker als sie. So geriet sie ins Straucheln, ließ den Viehtreiber los und fiel auf den Rücken. Der Mann stand vor ihr und hielt den Viehtreiber in Händen.

Fuck, er hatte sie entwaffnet.

Im selben Moment erschien Uwe Strothmann hinter ihm, holte weit aus und schlug ihm mit dem Lauf seiner Pistole in den Nacken.

Die Beine des jungen Mannes gaben nach. Er versuchte noch, sich an der Wand festzuhalten, fiel aber seitwärts auf den Boden.

»Fangen Sie das Mädchen!«, sagte Jennifer Bahlbeck zu Strothmann. Aus dem hermetisch abgeriegelten Labor konnte sie nicht entkommen.

Uwe Strothmann machte sich schwerfällig auf den Weg, dem Mädchen zu folgen, das in Richtung der Zwinger gelaufen war.

Jennifer Bahlbeck betrachtete die bewusstlos auf dem Boden liegenden Eindringlinge.

Sie war beiden schon mal begegnet. Es waren die beiden Jurastudenten, die Jasper wegen des verschwundenen Mädchens befragt hatten. Wie konnten diese Grünschnäbel herausgefunden haben, dass Nele hier im Labor war?

Sie holte zwei Kabelbinder und fesselte ihnen damit die Hände auf den Rücken. Normalerweise band sie damit die Läufe der überlebenden Versuchstiere zusammen, bevor diese Kreaturen die Todesspritze bekamen und im Ofen landeten. Dieses Schicksal stand heute auch den beiden Eindringlingen bevor, doch vorher wollte sie die übereifrigen Studenten befragen. Sie musste herausfinden, ob noch jemand davon wusste.

Also schüttete sie dem jungen Mann einen Eimer kaltes Wasser ins Gesicht.

»Aufwachen!«, rief sie.

88

Kalt und nass fühlte sich das Wasser in seinem Gesicht an. Florian öffnete die Augen und sah verschwommen zwei schwarze Kegel vor sich aufragen. Der Boden unter seiner Wange war kalt. In seinen Ohren dröhnte es, und er spürte einen pochenden Schmerz im Nacken. Die Kegel entpuppten sich als schwarze Damenschuhe. Als er sich das Wasser aus dem Gesicht wischen wollte, merkte er, dass seine Hände hinter seinem Rücken gefesselt waren. Er blinzelte und sah Jennifer Bahlbeck mit dem Viehtreiber in der Hand über sich stehen.

»Aufwachen!«, herrschte sie ihn an.

Florian schüttelte sich wie ein nasser Hund und setzte sich auf.

Saskia neben ihm wurde ebenfalls wach.

»Wie habt ihr … es herausgefunden?«, fragte die Frau.

Florians Synapsen brauchten einen Moment länger als sonst, um die neuen Informationen zu verarbeiten. Stück für Stück setzte er das Puzzle zusammen.

»Ich hab dich was gefragt.«

Sie hatten nach einem männlichen Entführer gesucht, dabei war es ein Paar gewesen.

»Antworte!« Frau Bahlbeck trat ihm in die Seite.

»Durch die Befragung von ... Nils. Das ist der Mitschüler. Er hat ... gesehen, wie Nele in einen weißen Transporter gezerrt wurde. Genau so einen, wie er hier vor der Tür steht. Und er hat am Steuer eine Frau gesehen«, antwortete Florian und ruckelte mit den Handgelenken. Der Kabelbinder war nicht ganz zugezogen und seine Hände hatten Spiel.

»Das will der Junge in dem Nebel gesehen haben?«

»Außerdem hatte sich Ihr Mann in der Schule für Nele interessiert.«

»Dieser Idiot.«

»Es war gar kein Unfall ... hab ich recht?«, fragte Florian.

»Ein Flugunfall. So was passiert andauernd.«

»Das kaufe ich Ihnen nicht ab.« Er musste Jennifer Bahlbeck am Reden halten, während er hinter seinem Rücken versuchte, eine Hand aus der Schlinge zu ziehen.

»Warum nicht?«

»›Lass es wie einen Unfall aussehen!‹ lautet die Grundregel für Mörder, die davonkommen wollen.«

»Ach ja. Woher willst du das wissen?«

»Aus dem Handbuch für Filmschurken.«

»Witzig sein rettet dich jetzt auch nicht mehr. Na ja, ich habe durch überdosiertes Insulin in seiner Spritze etwas nachgeholfen. Ich wusste, dass er sich immer kurz vor dem Start Insulin injizierte. Er wollte das Experiment mit dem Mädchen beenden, weil sich keine Eltern-Kind-Beziehung entwickelte, und sie freilassen. Damit wären wir aufgeflogen.«

»Sie haben Ihren eigenen Mann umgebracht?«, fragte Saskia fassungslos.

»Das war ein nutzloser Schlappschwanz. Er hatte schlechte Spermien und konnte mich kein zweites Mal schwängern. Und er hatte Mitleid mit dieser Göre.«

Saskia und Florian tauschten einen entsetzten Blick.

»Und wie seid ihr auf das Labor gekommen?«, fragte Jennifer Bahlbeck.

»Wir haben das Kellerverlies in Ihrem Haus gefunden. Voll mit Neles Sachen. Damit war klar, dass Sie Nele entführt und woanders hingebracht haben mussten.«

Jennifer Bahlbecks Gesicht verzerrte sich vor Entsetzen, doch sie fing sich schnell wieder.

»Du bist ein schlaues Kerlchen.«

Florian grinste sie an, während seine Hände hinter dem Rücken arbeiteten.

»Sie hatten nie eine Tochter, wollten aber unbedingt eine?«, fragte Saskia.

Mit hasserfülltem Blick stieß sie den Viehtreiber in Saskias Richtung.

Florian hatte die Schlinge schon halb über einen Handrücken gezogen. Dort wurde es zu eng und schmerzte.

»Falsch geraten. Ich war mit Sina schwanger, sie wurde tot geboren. Es war mir nicht vergönnt, noch mal schwanger zu werden.«

»Und das haben Sie so akzeptiert?«

Florian zerrte an dem Kabelbinder, konnte ihn millimeterweise weiter über den Handrücken bewegen.

»Selbstverständlich nicht. Wir haben es jahrelang erfolglos mit Kinderwunschbehandlungen versucht. Ich hätte alles dafür gegeben, wieder schwanger zu werden.«

»Sina wäre jetzt so alt wie Nele?«

»Ja.«

Florian hatte den Kabelbinder unauffällig weitere fünf Millimeter über den Handrücken gezerrt. Vor Schmerzen biss er die Zähne zusammen.

»Warum verziehst du so das Gesicht?«, fragte Jennifer Bahlbeck.

»Mein Nacken tut weh.«

Wie soll es weitergehen, wenn ich freikomme?, fragte sich Florian. Sobald er versuchte aufzustehen, würde sie ihn wieder mit dem Viehtreiber betäuben, den sie inzwischen an die Wand gelehnt hatte. Außerdem rannte hier irgendwo ein bewaffneter Wachmann herum. Nein, große Hoffnung auf ein glückliches Ende machte er sich nicht.

»Nele sollte sie als Ersatzmutter akzeptieren?«

»Sicher, hat das widerspenstige Gör aber nicht.«

»Deshalb wollen Sie sie hier im Labor … entsorgen?«

»Genau wie euch beide jetzt.«

Jennifer Bahlbeck holte eine Spritze und eine Glasampulle aus ihrer Kitteltasche. Sie nahm die Schutzkappe ab.

Florian hörte auf, an dem Kabelbinder zu ruckeln, und starrte wie gelähmt auf die Nadel. Sein Herz und seine Atmung rasten.

Jennifer Bahlbeck stach die Injektionsnadel durch den Sicherheitsverschluss und zog die klare Flüssigkeit in den Spritzenkolben auf.

Florian fühlte sich vollkommen wehrlos. Gleich würde die Frau die Spritze in ihn und Saskia hinein … Sie konnten nichts dagegen tun.

Jennifer Bahlbeck zog die Nadel aus der Ampulle, richtete sie nach oben und klopfte mit dem Zeigefinger gegen die Spritze. Winzige Bläschen perlten in Spiralen nach oben.

Florian starrte paralysiert auf die lange Nadel, die Pupillen vor Angst geweitet.

Es gab kein Entrinnen.

89

Der Kabelbinder schnitt ihm tief ins Fleisch. Mit aller Kraft zerrte Florian weiter daran. Er spürte etwas Feuchtes zwischen seinen Händen. Endlich ließ sich eine Hand aus der Schlinge ziehen.

Mit einem Satz war er auf den Füßen, bereit, sich auf Jennifer Bahlbeck zu stürzen. Ihre Hand mit der Spritze zuckte in seine Richtung. Florian riss die Arme hoch und wich gleichzeitig zurück. Die Nadel verfehlte seine Brust um Zentimeter.

Wie eine Kobra schoss die Spritze gleich wieder vor. Florian spürte die Wand an seinem Rücken. Die Nadel bohrte sich in seinen Oberarm. Er stieß einen Schmerzensschrei aus und sank an der Wand hinunter zu Boden.

Im selben Augenblick flog die Tür am Ende des Flurs auf. Zwanzig Rottweiler rannten bellend herein.

Entsetzt riss Jennifer Bahlbeck den Kopf herum.

Der vorderste Hund blieb in einiger Entfernung stehen, die anderen verharrten winselnd hinter ihm. Er hatte eine nässende Wunde an seiner Flanke.

Der Leithund reckte die Schnauze in Richtung Jennifer Bahlbeck und schnupperte.

Mit aufgestelltem Nackenhaar begann er zu knurren und fletschte die Zähne.

Jennifer Bahlbeck griff nach dem Viehtreiber.

Mit einem kurzen Bellen gab der Leithund das Signal zum Angriff.

90

Alles schien in Zeitlupe zu passieren, obwohl es rasend schnell ging.

Das Rudel rannte den Flur hinunter. Die Pfoten berührten kaum den Boden.

Jennifer Bahlbeck stand wie schockgefroren mit dem Viehtreiber in der Hand da.

Das Rudel stürzte sich auf sie.

Den Leithund erwischte sie noch mit dem Viehtreiber. Er flog jaulend gegen die Wand, während sich der Geruch verbrannten Fleisches ausbreitete.

Der zweite Hund schnappte nach ihr. Seine scharfen Zähne gruben sich in ihren Unterarm. Mit einem lauten Schmerzensschrei ließ Jennifer Bahlbeck den Viehtreiber fallen.

Der dritte Hund rammte seine Zähne in ihre Wade. Sie durchbohrten Haut, Muskeln und Sehnen.

Ihre Schreie verwandelten sich in ein hochfrequentes Kreischen.

Die Kiefer eines weiteren Rottweilers schlossen sich um ihre andere Wade.

Sie verlor das Gleichgewicht und stürzte zu Boden.

Der Leithund war wieder auf den Beinen und stellte sich über die auf dem Rücken liegende Frau.

Abwehrend hob sie eine Hand und winselte: »Bitte nicht!«

Der Leithund bellte kurz, riss sein Maul auf und bohrte seine Zähne tief in ihre Kehle. Wild warf er den Kopf hin und her, sodass Jennifer Bahlbecks Blut in einer dichten Gischt in die Luft spritzte.

Ihre Schreie verebbten in einem Gurgeln.

Florian und Saskia wandten angewidert ihre Blicke ab. Es genügte vollends, Jennifer Bahlbecks Röcheln und die bestialischen Laute der Hunde zu hören.

Nach zwei Minuten war sie tot, und die Hunde ließen von ihr ab.

Florian und Saskia kauerten an der Wand. Mit schreckgeweiteten Augen sahen sie die Leiche und die Hunde an.

Die Rottweiler kreisten Florian und Saskia ein und fletschten ihre Zähne. Bei einigen triefte Blut von den Lefzen.

Sie saßen in der Falle.

Die Hunde kamen näher.

Florian legte den Arm um die immer noch gefesselte Saskia. Waren jetzt sie an der Reihe, zerfleischt zu werden?

Der Leithund machte einen Schritt nach vorn, starrte Florian an und knurrte.

Jetzt würde ihn der Rottweiler angreifen. Und er konnte nichts dagegen tun.

Florian schloss die Augen.

Doch statt eines saftigen Reißens hörte er ein Schnüffeln.

Florian blinzelte.

Der Leithund vor ihm senkte den Kopf und trottete davon. Die anderen folgten ihm.

Florian machte ein gequältes Gesicht, als er die Spritze aus seinem Oberarm zog. Jennifer Bahlbeck war nicht mehr dazu gekommen, den Kolben herunterzudrücken.

Sein Handrücken blutete, der Kabelbinder hatte tiefe Schnitte hinterlassen. Er holte ein Skalpell aus dem Behandlungsraum und beeilte sich, Saskia von dem Kabelbinder zu befreien.

Gerade als sie beide aufstanden, kam Nele.

»Ich habe die Hunde befreit«, sagte sie stolz.

»Und was ist mit dem Wachmann?«

»Der ist weggelaufen.«

91

Vier Streifen- und zwei Rettungswagen hatten den Parkplatz vor dem Labor in ein blaues Lichtermeer verwandelt.

Florian und Saskia standen in der Lobby und beobachteten das hektische Treiben. Polizeibeamte rannten hin und her. Blecherne Stimmen aus Walkie-Talkies waren zu hören. Das Kommando führte Kommissar Michaelis.

»Ich kann kaum glauben, dass es vorbei ist«, sagte Saskia.

»Ja, und wir haben Nele gerettet«, erwiderte Florian.

Ein Notarzt untersuchte Nele gerade ein paar Meter weiter. Ihr schien nichts zu fehlen.

Der Amtstierarzt war bei den Zwingern und verschaffte sich einen Überblick über den Zustand der geschundenen Tiere. Für ihn würde es eine lange Nacht werden.

Ein weiterer Streifenwagen fuhr vor. Susanne Dankers stieg heraus. Sie betrat unsicher die Lobby und sah sich um.

Da hatte Nele sie entdeckt und lief quer durch die ganze Lobby.

»Mama! Mama!«, rief sie.

Susanne Dankers strahlte und streckte ihr beide Hände entgegen.

Dann flog sie ihrer Mutter in die Arme.

»Mein Kind! Du bist *da*!« Sie brach in Tränen aus, lachte und weinte zugleich.

Nele jauchzte laut auf vor Freude.

Augenblicklich kehrte in der Lobby Stille ein. Alle verharrten und sahen der Szene zu.

»Es tut mir so leid, dass wir damals im Streit auseinandergegangen sind«, sagte Nele schluchzend und schmiegte sich an ihre Mutter.

»Nele, du bist wieder da.«

»Ich hab dich so lieb«, flüsterte Nele.

Sie standen lange eng umschlungen da. Niemand wagte sie zu stören.

»Was ist mit Hakan?«, fragte Nele schließlich.

»Wir haben uns getrennt. Er wohnt nicht mehr bei uns.«

»Ich will nach Hause.«

Susanne Dankers nahm Neles Hand. »Dann lass uns gehen.«

Kommissar Michaelis gesellte sich zu Florian und Saskia, die zusahen, wie Mutter und Tochter in einen Streifenwagen stiegen.

»Glückwunsch.«

92

»Ich habe Ihnen Orangensaft, Kaffee und Aspirin mitgebracht. Oder wünschen Sie, sich zu übergeben?«, fragte der Butler in »Arthur – Kein Kind von Traurigkeit«. Doch Florian war weder reich, noch brachte ihm jemand ein Katerfrühstück ans Bett. In der Gesellschaft von Simon und Cheng hatte er die Befreiung gestern Nacht ausgiebig gefeiert. Mit hämmerndem Kopf quälte er sich gegen elf Uhr aus dem Bett, nahm zwei Aspirin, trank einen Becher starken Kaffee und duschte. Danach suchte er sich aus dem Schrank seine beste Kleidung zusammen, weißes T-Shirt, Jeans und schwarzes Sakko. Er wollte Saskia besuchen und sich entschuldigen. Er würde sie schon noch davon überzeugen, dass es ihr guttat, wenn sie mehr Zeit mit ihm verbrachte. Er schmierte sich eine kräftige Ladung Gel ins Haar, um die wilde Mähne zu bändigen. Saskia hatte sich an seiner Haarfülle gestört. Während er es glatt kämmte, hörte er die Türklingel. Er ignorierte sie, weil es jetzt nichts Wichtigeres gab, als Saskia zurückzugewinnen.

Florian wollte gerade aufbrechen, da klopfte es kurz an seiner Zimmertür. Saskia kam herein.

»Du?«

»Ja«, sagte sie, »ich möchte eine Wiederaufnahme des Verfahrens beantragen.«

Florian hob die Augenbrauen. »In welcher Sache? Gibt es einen neuen Fall?«

»In eigener Sache.«

Langsam dämmerte es ihm.

»Dem Antrag wird stattgegeben.«

Wortlos fiel sie ihm in die Arme. Florian erwiderte ihre Umarmung und drückte sie fest an sich. Es fühlte sich so gut an, sie wieder im Arm zu halten. Er konnte ihren Herzschlag spüren. Für einen Moment war es, als wären sie niemals auseinander gewesen. Die Zeit schien stillzustehen.

Nach einer Weile löste sich Saskia aus der Umarmung, sah ihn ernst an und sagte: »Ich möchte mich mit dir versöhnen.«

»Das wollte ich auch gerade. Du bist mir zuvorgekommen.«

»Du tust mir gut, ich möchte mit dir zusammenbleiben. Dafür werde ich auch Opfer bringen«, sagte Saskia und sah ihn fragend an.

»Das klingt interessant.«

»Ich werde mir an mindestens zwei Abenden in der Woche Zeit für uns nehmen, und dazu den ganzen Sonntag.«

»Was ist mit dem Pflicht-Mittagessen bei deinen Eltern?«

»Mein Vater wird sich daran gewöhnen müssen, dass ich meinen eigenen Weg gehe.«

Florian nickte.

Dann griff Saskia seinen Nacken und zog ihn zu sich herab. Ihre Lippen trafen sich zu einem langen Kuss.

93

Die Sonne schien, die Bäume wurden immer grüner und das Thermometer zeigte fünfzehn Grad und mehr an. In Hamburg war es Frühling geworden.

Florian, Saskia und Professor Heckscher standen schon eine halbe Stunde vor der Klinik für Forensische Psychiatrie. Von hier oben wirkte die Stadt wie ein grüner Teppich. Endlich ging das Stahltor auf, und Jan Virchow kam heraus. Er trug einen grauen Trainingsanzug und eine Sporttasche.

»Willkommen zurück in der Freiheit!«, begrüßte ihn Professor Heckscher. Alle vier umarmten sich.

Mit der Überführung des Ehepaars Bahlbeck als Entführer von Nele hatten sie eine Wiederaufnahme des Verfahrens erreicht, das am Morgen mit einem Freispruch geendet hatte.

Jan Virchow blinzelte in die Frühlingssonne.

»Ich kann immer noch nicht glauben, dass dieser Albtraum endlich vorüber ist«, sagte Virchow.

Inzwischen war er wieder clean. Die Psychopharmaka waren schrittweise abgesetzt worden. Ohne den rosaroten Nebel hatte es ihm in der Psychiatrie zusehends weniger gefallen.

Er strahlte über das ganze Gesicht. »Ich weiß gar nicht, wie ich euch drei danken soll. Ohne euch wäre ich in der Psychiatrie verrottet.«

»Die Aufgabe des Instituts ist es, Unschuldige zu befreien. Es freut uns, dass wir Ihnen zur Freiheit verhelfen konnten«, antwortete Professor Heckscher. »Und meine Studenten haben wieder etwas dazugelernt.«

Florian und Saskia nickten.

Sie gingen über den Parkplatz, weg von der Psychiatrie.

»Heute feiern wir erst mal richtig Ihren Freispruch«, sagte Professor Heckscher. »Ich habe Ihnen ein möbliertes Zimmer besorgt, in dem sie unterkommen können. Dann werden wir uns um die Wiederaufnahme des Referendariats kümmern.« Professor Heckscher und Jan Virchow gingen voraus und redeten über sein neues Leben, Florian und Saskia folgten ihnen mit etwas Abstand.

»Wir konnten nicht nur eine unschuldige Seele aus der Psychiatrie retten, sondern auch Nele befreien. Sogar mein Vater ist stolz auf uns«, sagte Saskia.

»Das freut mich.«

Saskia warf Florian einen Seitenblick zu.

»Du siehst aber nicht glücklich aus. Was hast du?«

»Ich mache mir Sorgen, durch das Examen auch so eine Macke wie Jan zu bekommen.«

»Ich kann dir helfen.«

»Und ich weiß auch schon wie.«

Saskia sah ihn fragend an.

»Durch Gedankenverschmelzung – wie die Vulkanier in ›Star Trek‹. Du überträgst einfach dein Wissen auf mich.«

»Du bist ein Vollidiot, aber ein süßer.«

Zeitfracht Medien GmbH
Ferdinand-Jühlke-Straße 7
99095 Erfurt, Deutschland
produktsicherheit@kolibri360.de

Druck:
CPI Druckdienstleistungen GmbH
im Auftrag der
Zeitfracht Medien GmbH
Ein Unternehmen der Zeitfracht - Gruppe
Ferdinand-Jühlke-Str. 7
99095 Erfurt